모성이라는 이름 아래 한 인간의 성장 전체를
엄마 개인의 책임으로 돌리는 게
사회의 비겁과 무능이라는 사실을 알게 되었다.
이 혼란과 고통은 내 잘못이 아니며
나는 그저 이 자리에서 잘하고 있다고
이제야 겨우 인정하게 된 셈이다.

딸, 엄마도 자라고 있어

쓰지 않고는 견딜 수 없었던 육아,
그 지난한 시간 속에서 건져 올린 것들

글 김정

두두

프롤로그 - 글 쓰는 마음

"안녕!"

한참이나 애를 끓이다가 어렵게 내뱉은 딸의 인사다. 나윤이가 등장하자 딸아이가 눈치를 슬슬 살피며 주위를 맴돈다. 귀 뒤로 머리칼을 여러 번 넘기고 윗도리의 아랫단을 당겨 옷매무새를 거듭해서 정돈한다. 그렇게 뜸을 들이다 결국엔 한마디 인사를 건넸다. 그리고 곧장 그 공간을 벗어났다가 금세 돌아와 주변부를 맴돈다. 딸아이에겐 '안녕!' 그 쉬운 한마디가 안녕하지 못하다. 평소 보지 못했던 딸의 모습에 적잖이 놀랐다. 무엇보다 잠자코 지켜볼 수밖에 없는 어미의 마음은 까맣게 탄다. 까맣게. 갓난아기 낳아서, 먹이고, 재우고, 씻기고, 입히고, 했던 세월의 고통은 아무것도 아닌 것처럼 느껴진다. 일곱 살, 너의 생도 치열하기 그지없구나.

서른여섯 해 동안 나의 쓸모에 대해 고민해왔다. 엄마가 되고 나서 그 고민은 더 절실해졌다. 엄마 역할 하나 제대로 소화하기에도 힘에 부치면서 희미해져 가는 나를 놓치고 싶지 않았나 보다. 궁리하고 궁리해도 답이 안 나 스스로를 용서할 수 없을 때는 글을 썼다. 아니, 견딜 수 없는 모든 순간에 글을 썼다. 20대가 되면서부터 지금까지, 쓰지 않고는 견딜 수 없는 순간들이 계절처럼 다가왔기 때문이다. 내가 누구인지 희미해질 때마다, 누군가 원망스러워 가슴을 부여잡고 울 때마다, 다 놓고 야반도주라도 하고 싶을 때마다, 스스로가 경멸스러워 견딜 수 없을 때마다, 노트북을 열어 글을 퍼부었다. 그러고 나면 실낱같은 위로를 건졌다. 좀 살 것 같았다.

육아 5년 만에 두 아이를 기관에 맡기고 평일 낮에 나만의 시간이 생겼다. 이 시간에 대한 온갖 기대와 계획이 난무했는데, 예상과 달리 그 한해는 아름답지 못했다. 내게 주어진 귀한 때를 어떻게 써야 할지 허둥지둥 대는 동안 시간은 저 멀리 달아났다. 삼십 대의 사춘기가 온 것인지 세상의 모든 관계가 견디기 힘들만큼 아팠다. 마음에 깊은 우울이 찾아왔고 끝내 무기력했다. 연말에는 나의 나태를 단죄하듯 온몸이 들끓어, 입병부터 시작해 위장병으로 이어지더니 독감으로 고통의 정점을 찍었다. 두 아이 낳아 기르느라 정신없이 몇 해를 보내고 여유를 가질 만하니 눌러 담아 놓은 것들이

터졌던 것이리라. 몸과 마음에 골고루 병이 도진 것이다. 엄마로서의 나, 아내로서의 나, 딸로서의 나, 이웃사촌으로서의 나로 열심히 살았을 뿐, 그중에 나로서의 나는 없었던 시간이었다.

처참한 시간 동안 그나마 놓지 않았던 것은 글쓰기였다. 글을 쓰며 나를 확인했고 나를 증명했다. 아무도 알아주지 않는 소리 없는 아우성일지라도. 글을 쓸 때는 나의 모난 면면들을 들여다보게 된다. 그리고 부드럽게 만져 다듬는다. 또 가만히 바라본다. 음, 그래. 그 자체로도 나쁘지 않다. 있는 그대로의 나를 인정하고 사랑해야지. 반복되는 이 과정을 글로 풀고 책으로 엮으면서 다시 한 번 나는 나로 살기를 선언한다. 그리고 함께 나누고 싶다. 진땀 흘려 아이를 품어 내면서도 자신을 찾고 싶은 부모들, 뜻대로 살아지지 않아 스스로를 용서하기 힘든 사람들, 끊임없이 자라고 있는 사람들과 함께.

-김정-

프롤로그 - 글 쓰는 마음

딸에게

나의 정원,
너를 처음 만나서부터 지금까지 한순간도 뜨겁지 않았던 적이 없었다.
사랑스러워서, 신비로워서, 행복해서, 감사해서,
아파서, 괴로워서, 죄스러워서, 감내하면서, 언제나 뜨거웠다.
너를 통해 나의 보잘것없던 세상은 놀랍도록 확장하고 있다.
너는, 너는, 쏟아지는 너는, 축복이다.

나에게

나의 감정,
정체도 모를 내면의 뜨거움을 감당하며 애달팠던 지난날을 위로한다. 따뜻하게.
있는 그대로의 너를 인정하기까지 많이도 돌아왔다.
지난했던 미로 찾기는 여태껏 현재 진행형일지도 모른다.
그러나 한 가지 확실한 것은 너는 너로, 너답게 잘 살아내고 있다는 것이다.
너는, 너는, 쏟아지는 너는, 축복이다.

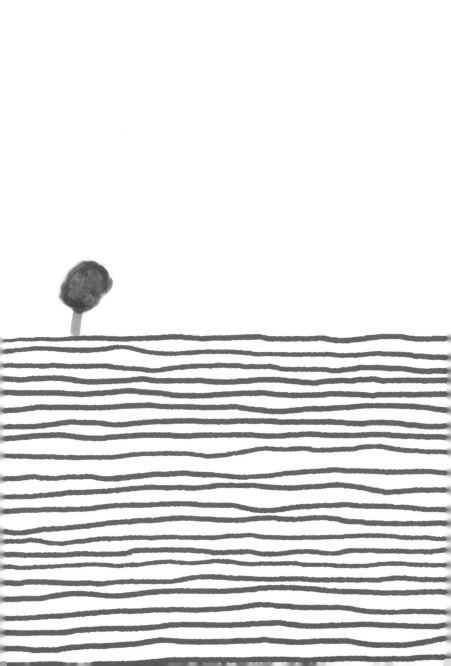

딸에게

딸에게

사랑하는 딸, 오늘은 너에게 엄마 얘기를 좀 들려줄까 해. 엄마는 있잖아. 어릴 때부터 여행을 참 좋아했어. 가벼운 주머니로 가난한 여행자가 되길 자처했던 때가 있었어. 정확히 말해 자처한 건 아니지. 사실 진짜 돈이 없었거든. 헤헤-. 엄마에게 여행이란, 이국의 정취에 푹 빠져 거기서 그냥 살아보는 거였어. 그곳에 녹아들어서 말이지. 그래서인지 멋진 휴양지에서 훌륭한 리조트에서 묵으면서 다양한 서비스를 누리는 그런 형태의 여행은 지금도 어딘가 모르게 불편한 것 같아. 대표적인 관광지를 찾기보다는 후미진 뒷골목을 누비고 그곳의 재래시장을 찾아 돌아다니는 것을 더 좋아했어. 그곳에 살고 있는 사람들과 그곳의 살아 있는 일상을 만나는 게 더 흥미로웠지. 정해둔 목적지 없이 발길 닿는 대로 걷다가 우연히 작은 공원이라도 발견하게 되면 아싸! 하고 기분이 너무 좋은 거야. 그곳의 사람들 틈에 섞여서 누워 하늘을 보고, 음악을 듣고, 노트에 무언가 끄적거리고, 그곳의 맥주를 마시며 시간을 때우는 것을 좋아했어. 인도라는 나라에 갔을 때인데 말이야. 강가에 앉아 그 나라 사람들만의 종교적인 의식 뒤로, 해가 강물 속으로 침잠하는 순간을 지켜보던 그때가 아직도 생생해. 물 위에 온갖 오물이 떠다니는 가운데, 한쪽에서는 빨래를 하고, 한쪽에서는 성스러운 의식이 치러졌지. 그곳의 태양은 왜 그렇게 가깝게 느껴지고, 또 어쩌면 그렇게 타오르는 듯한 강렬한 색깔을 띠는지, 어쩜 세상 만물을 그토록 진한 오렌지빛으로 물들일 수 있는지, 정말 신비로웠어. 그리고 또…… 오래된 사원이나 성당에 발을 들이면 이상하게도 공기의 밀도와 기운이 달랐단다. 숨이 막히도록 벅찬 정체 모를 감정이 밀려와서 괜스레 눈물이 핑- 돌고 그저 할 말을 잃는 거야. 유럽이든, 동남아든, 동아시아든, 지역과 종교를 불문하고 말이야.

기억나? 네가 태어나고도 엄마는 아기인 너를 데리고 여행 참 많이 다녔었는데. 가까이는 집 근처 송정 바닷가나, 해운대 바다, 울산 호이 이모네, 마산 외할머니댁, 그리고 경주, 거제도, 남해, 광양, 순천, 참 우리 제주도도 갔었지? 네 동생 태어나고 아직 채 걷지도 못할 때 말이야. 엄마야 뭐 나 돌아다니는 거 워낙 좋아하니까. 그런데 말야, 솔직히 고백하면 지금까지 너와의 여행은 여행이 아니었어. 뭐랄까…… 그저 현실로부터의 도피에 지나지 않았지. 첫 아이인 너를 아주 귀하게 만났고 엄마 아빠가 간절히 원해서 두 살 터울로 네 동생까지 얻었는데. 그토록 원하던 사랑스럽고 귀한 아이들을 돌보는 일이 뭐가 그리 견딜 수 없었을까. 뭐가 그리 힘에 부쳤을까. 어떤 때는 어디든 박차고 나가지 않으면 가슴이 터져버릴 것 같았어. 또 어느 날은 머리가 아주 미쳐버릴 것만 같았지. 그래서 엄마는 여름휴가 외에는 확실히 회사에 매여있는 아빠를 과감히 버리고, 너랑 혹은 너와 너보다 더 어린 아가를 데리고 그렇게 싸돌아다녔던 것 같다.

두 아이 모두 기관에 보내고 낮 동안 여유가 생긴 요즘 가만히 돌아보니 엄마는 공간과 시간의 공백을 감당해 내지를

못했던 것 같아. 그건 뭐, 네가 태어나기 전부터 일종의 병 같은 거였어. 그러나 홀몸인 상황에서는, 울적하고 공허할 때마다 마음 내키는 대로 뭐든 할 수 있잖아. 산책을 나가고, 친구와 만날 약속을 정하고, 쇼핑을 가고, 지인과 한두 시간쯤 통화하고. 시간과 공간의 공백을, 그 무게를, 얼마든지 떨쳐내고 깨부술 수 있었지. 하지만 엄마가 되고부터는 쉽지 않았어. 모든 것이 자유롭지 못했지. 나 한 몸 먹고 자는 아주 기본적인 것에서조차 말이야. 그리고 알 수 없는 요구에 시시각각 대응을 하지 않으면 안 되었어. 솔직한 말로 너무 고통스러웠다. 너와 네 동생을 목숨보다 아끼고 사랑하지만 온전히 나를 내어놓은 채로 시간과 공간의 공백을 떠받들고 살아내는 일이 너무나 고통스러웠어. 더 비참한 사실은 그 고통 뒤에 엄청난 죄책감이 폭풍처럼 밀려와 엄마를 너덜너덜하게 만들고서야 끝난다는 거야. 늘 그 패턴이었어. '나란 인간은 엄마라면서 대체 뭐하는 거지? 모성애는 위대하다고들 하던데 그 거룩한 모성애에 먹칠이나 해 대는 나란 여자는 얼마나 더 형편없이 살고 있나?' 하는 쓸데없는 생각들 말이야. 그래, 너희들도 잘 커 주었고 한시름 놓고 보니 그건 다 사회가 만든 관념에 지나지 않는다는 것을 알게 되었어. 모성이라는 이름 아래 아이의 발육, 건강, 인성, 교육을 포함한 한 인간의 성장 전체를, 엄마 개인의 책임으로 돌리는 이 사회의 비겁과 무능이라는 사실을 말이야. 게다가 더 끔찍한 건 아빠는 밥벌이로 내몰고 밤늦도록 돌아오지 않는 작은 집안에서 혈혈단신으로 말이지. 이 혼란과 고통은 내 잘못이 아니며 나는 그저 이 자리에서 잘하고 있다고 이제야 겨우 인정하게 된 셈이야. 아무튼 엄마는 이토록 치열하게 살았다. 그리고 버텨내려고, 좀 편해지려고, 벗어나 보려고 선택한 방편이 무리한 여행이었어. 그래 도망이었지. 두 아이와 엄청난 짐들을 싸 짊어지고 만만치 않은 비용까지 떠안고 떠나는 도망 말이야. 너무 웃기지?

그런데 그때 이후로 엄마가 좀 많은 것을 깨달았단다. 네가 5살이 된 해였고, 네 동생이 18개월 갓 걷기 시작해 아기띠를 완전히 떼지 못해 자주 업고 다닐 때였지. 그때도 여지없이 엄마가 많이 힘들었나 봐. 아빠 없이 야간비행기로 4시간 반 거리의 괌으로 떠나기로 결정했단다. 낯선 곳의 이방인이 되면 쳇바퀴 돌듯 뻔하고 고된 이 일상에서 떨어져 나와 숨 좀 돌려지려나 해서 말이야. 그런데 그건 제대로 오산이었어. 밤 비행 4시간 30분 동안 너를 한번 안아 주지도 못하고, 비행기 통로 건너편에 세 좌석을 나란히 붙여 덩그러니 홀로 누워 자는 너에게서 시선만은 뗄 수 없었다. 좁은 좌석과 통로를 일어났다 앉았다, 왔다 갔다, 깊은 잠에 들지 못하고 자꾸만 깨서 보채는 18개월 아가를 달래면서 말이야. 비행시간 동안 눈도 한번, 엉덩이도 한번 제대로 붙이지 못하고 천벌을 받는 것 같은 심정으로 그곳에 닿았다. 도착한 곳은 이국의 풍광이고 냄새고 뭣이고, 낯선 곳에서 두 아이 손이라도 놓칠까, 다칠까, 길이라도 잘못 들까. 신경이 엄청나게 예민해지는 거였어. 그 상태로 너희 남매를 데리고, 숙소를 찾고, 짐을 풀고, 어린것들 해다 먹일 장을 보고 그저 그렇게 하루 이틀이 지났다. 여행은 무슨 여행이니. 여긴 또다시 벗어나지 않으면 가슴이 터져버릴 것 같이 반복되는 그, 그 일상일 뿐이었다. 내가 갈 수 있는 한 멀리 도망을 나와 봐도 나의 삶은 내가 달아날까 무서우리만큼 바짝 뒤쫓아 왔지. 엄마는 또 잔뜩 긴장한 상태로 너에게 쉽게 화를 내고, 일그러진 얼굴로 모진 소리나 해대고 있었다. 갑갑하고 뻔하고 너를 대하는 데 있어 나의 부족함을 확인하는 일상, 일상 또 일상 그 자체일 뿐이라고 깊은 절망과 후유증만 안고 돌아왔다. 돌아오는 길

또한 공항을 오가는 시간까지 7~8시간을 경직된 상태로 겨뤄 가며 말이다.

집에 돌아와 짐을 풀고 엄마는 다음날 곧장 마트로 향했다. '나 뭐 한 거지? 그 긴장을 하고, 아이들을 고생시키며 그곳까지 다녀와야 했나?' 뭔가 억울하고 비참한 마음에 정신 나간 여자처럼 평소 살까 말까 망설이던 것들을 막 쓸어 담았다. '여행을 빙자한 도망이나 치는 주제에 헛돈 쓰지 말고, 평소에 넉넉하게 쓰고 일상을 즐기는 것이 더 나은 선택이 아니냐'고 스스로에게 마음속에서 고래고래 소리를 지르며 카트를 산더미 같이 쌓았어. 광기의 장보기가 끝난 후에야 엄마는 좀 진정을 하고, 비로소 긴 여행을 마무리 할 수 있었단다. 그래 일탈, 여행, 낯선 풍경, 새로운 음식, 따위보다, 그저 일상을 대하는 나의 마음가짐이 얼마나 중요한지 확인하는 여행이었다.

사랑하는 딸! 엄마는 이제 더 이상 도망치지 않고 일상 속에 녹아들어 유유히 헤엄치고 싶다. 정말 그래 보려고 해. 좀더 너와 이야기 나누고, 웃고, 함께 책을 읽고, 좋은 음악도 찾아 들으며, 그저 그런 보통의 시간들에 감사하면서 말이야.
이제 겨우 조금 알겠어. 늘 물리적으로 너보다 어린것에 모
든 것이 먼저였지만 엄마의 모든 신경은 언제나 너를 향한다
는 것, 너는 알까? 너는 나의 일생 첫 아이고, 나 스스로를 어
린 너에게 투사할 만큼 나의 성정을 그대로 물려받은 데다가,
또 내가 누군가의 딸인 것처럼 너도 딸이니까. 네가 조금 더
크면 너와 함께 '진짜' 여행을 떠나보고 싶구나. 낯선 곳에서
그냥 한번 살아보는 그런 여행 말이야. 그리고 그곳의 일몰의
바라보며 맥주도 한잔 기울이자. 아- 생각만 해도 달콤하네.
너랑 함께 하는 그 순간들 말이야. 너는 이토록 나의 생을 뒤
흔들고, 존재를 재배치하고, 사랑하게 하고, 나아가게 하는구
나. 네 덕분에 이렇게 엄마는 자란다.

초량소녀

초량동의 비탈진 동네 중턱, 작은 마당의 나지막한 담벼
락에 서서 칠흑의 부산항을 바라본다. 달빛의 작은 파편들이
일렁일렁 느리게 춤을 춘다. 담장 위에 양손으로 턱받침을 만
들어 괴고 가만히 바다의 소리를 듣는다. 엄마는 어디쯤 오셨
을까. 오늘 엄마의 광주리엔 뭐가 있으려나. 바닷바람의 소금
기가 온 살갗에 스미도록 길고 외로운 시간. 우리 엄마를 기
다리는 시간. 끼익- 대문이 열리는 소리와 함께 엄마 목소리
가 들린다.

"남아-."

마음은 와락 달려가 안기어 부비고 싶지만 수줍음이 많은

소녀는 애써 무덤덤해진다.

"어, 엄마 왔나."

하고 덧마루에 털썩 걸터앉는다. 가로등 조명 아래에 눈가 주름이 자글자글 깊이 패도록 함빡 웃어주는 우리 엄마.

"배고프제? 아나, 자-"

광주리를 내려 빨간 사과를 윗도리 끝자락으로 쓱쓱 닦아서 내민다.

"우리 남이 꺼. 오늘 사과 중에 제일 예쁘고 젤로 싱싱한 거 아니가."

소녀는 말없이 비실 웃으며 사과를 받아 들고 와삭- 베어 문다. 단물이 입안 가득 고이고 향기로움에 코끝까지 즐겁다. 그런 나를 보고 엄마는 또 주름을 잔뜩 만들어 활짝 웃는다.

"인자 밥 해묵자이-"

엄마의 부산스런 상차림 소리를 뒤로하고 조그만 좌식 책상에서 남은 숙제를 끼적거린다. 하루 중 가장 평안한 시간이다. 둘만의 단출한 저녁 식사가 끝나고 엄마와 소녀는 단칸방에 이부자리를 깔고 누웠다. 스르르 잠이 들라치면 어김없이 엄마의 거친 손이 소녀의 등어리를 정성껏 쓰다듬는다. 그리고 조용히 중얼거린다.

"아이고 귀한 내 딸. 니 덕분에 산다. 아이고 이쁜 것- 너무 좋다. 남아-"

그 뒤로 엄마의 중얼거림은 계속되었지만 스르르 귓가에서 사라지고 소녀는 까무룩 잠이 든다.

병환으로 일찍 돌아가신 아버지를 대신해 엄마는 행상을 하셨다. 어떤 날은 엄마의 품에서 과일 향내가 났고 어떤 날은 지독한 비린내가 났다. 하루를 마감하고 돌아온 엄마의 광주리엔 반드시 그 날 최고의 과일 한 알이나 하루 장사 중 제일 싱싱한 생선 한 마리가 살아남아 돌아왔다. 오직 소녀를 위한 것이다. 40여 년 전의 부산에 바다를 끼고 가파른 언덕에 자리 잡은 마을 초량은 가난과 궁상이 줄줄 흐르고 너나 할 것 없이 먹고 살기에 여념이 없던 곳이었다. 그런 동네에서 엄마와 단둘이 꾸리는 삶이 조금 외롭고 서럽기도 했다. 어딘가 완벽하고 멋진 나의 진짜 부와 모가 있기를 간절히 바라고 상상하기도 했다. 그러나 소녀는 단 한 번도 불안한 적이 없었다. 엄마 냄새, 엄마 목소리, 엄마의 미소와 눈부신 대낮의 바다, 칠흑 같은 밤의 바다, 소금을 잔뜩 머금은 바람 따위로 소녀의 마음은 꽉 들어차 있었다.

소녀는 공부를 곧잘 했다. 어려운 형편에 시대가 시대이고 동네가 동네인지라 주변에서 딸자식 공부시켜 뭐 하냐 공장이나 보내지 하고 만류하였지만 엄마는 달랐다.

"니 하나 공부쯤이야 얼마든지 책임질 수 있다. 니 하고 싶은 거 다 해라. 걱정은 말고."

엄마는 카랑카랑한 목소리로 온 동네가 들으란 듯이 언성을 높여 강조하시곤 했다. 소녀는 지역 명문대학에 갔고 장학금을 받았다. 당시 공장을 나갔던 대부분의 또래보다 고액의 아르바이트로 홀어머니께 후한 대접을 드렸다. 그 작은 동네에 소문이 자자하도록 말이다. 소녀는 어엿한 아가씨가 되었다. 어느 날, 결혼할 사람이라며 한 청년을 엄마에게 선보이자 다짜고짜 화가 난 듯 말씀하셨다.

"자네는 내 딸 데려가는 것을 땡잡았다 생각하게. 아우- 아까브라 내 귀한 딸."

혼기를 꽉 채운 딸을 데려가 줘서 고맙다고 해도 모자랄 시대였다. 우리 엄마는 역시나 그 시대 그 흔한 엄마가 못 되었다. 언제나 내가 최고이고 제일이었던 우리 엄마. 소녀는 이제 세 자녀를 둔 50대의 중년 부인이 되어 그때를 담담히 회상한다. 그녀의 얼굴에서 밤바다를 바라보고 있는 마음이 꽉 찬 초량소녀가 얼핏 스친다.

낯선 어른의 40년도 지난 이야기에 쉽게 몰입되었다. 어느새 나는 바다를 품은 마당의 담장에 턱을 괴고 서서 엄마를 기다리고 있었다. 바다의 짠 내와 소금기를 머금은 바람이 생생하게 느껴지는 와중에, 갑자기 두 눈이 뜨거워지고 축축한 것이 흐른다. 참 이상한 일이다. 교류분석을 배우는 부모교육 센터에서 각자의 어린 시절과 부모에 대한 기억을 풀어내는 시간이었다. 나는 어두운 밤에 잠에서 깼는데 엄마 가게에 혼자 남겨져서 외롭고 무서웠던 내 어린 시절의 한 장면을 담담히 털어놓았다. 질질 짜지 않고 담담하게 풀어내는 자신이 대견스러워 '음- 객관화가 잘 되고 있군.' 했다. 그런데 타인의 역사를 듣다가 의외의 지점에서 걷잡을 수 없는 눈물바다를 만나 당혹스러운 게 아닌가. 집에 돌아와 다시 초량소녀를 떠올린다. 좀 더 생생하게 그려보고 느끼고 싶어서 노트북을 열어 글로 풀어 내본다.

'바다를 낀 작은 마당에... 소녀가....'

주르륵-. 어라, 또 뜨거운 것이 타고 내려 책상 위에 뚝뚝- 미적지근한 점을 뿌려 댄다. 모든 것을 멈추고 한참을 뜨

엄마도 자라고 있어

겹게 흐려진 두 눈으로 공백 속에 머무른다. 그리고는 아! 하고 깨달았다. 내가 간절히 원했던 것에 대하여. 내 가슴의 빈자리에 들어갈 이야기에 대하여. 엄마로서 아이들에게 잘 베풀어내지 못했던 것에 대하여.

나도 한입 가득 깨물어 보았으면... 하루 종일 노점의 먼지와 내 어머니의 고단함을 머금은 그날의 가장 빛나는 과일한 알을. 하루 내내 이리 뒤적 저리 뒤적 강렬한 태양 빛과 분주한 파리 떼를 치러 낸 그 날의 가장 예쁘고 싱싱한 생선 한 마리를 말이다. 나도 귓가를 들이대고 등을 내맡긴다면... 잠이 들라치면 등 위로 왔다 갔다 쓰다듬는 거친 손과 네가 있어 살맛 난다고, 네가 참 고맙다고 귓가에 축복을 쏟아내는 엄마의 목소리를. 아무 걱정하지 말라며 나의 선택을 믿고 맡기는 엄마의 미소를. 잘난 그 누구에게 주어도 아깝고 귀한 내 딸이라는 당당한 자부를.

지난 30년간 실체도 모른 채 찾아 헤맸다. 아이를 낳고 엄마가 되니 그 방황은 더해져만 갔다. 깜깜하고 칙칙한 터널에서 초량소녀의 이야기가 반대편 저 끝에 작은 빛이 되어 어둡고 끝도 없는 터널을 미세하게 밝혔다. 그 빛으로 내 마음에 난 구멍의 모양과 크기를 비추어 자세히 바라보고 또 바라본다. 이제 스스로를 채우고자 한다. 따뜻하고 부드럽게. 그리고 내 아이들에게 주어야 할 것이 무엇인지 정확하게 본다. 따뜻하게 보듬고 축복의 말들을 가득히 쏟아 내야지. 두 아이를 양팔에 끼고 누워 속삭인다.

"정원아, 주원아. 사랑해. 너희들이 있어 행복해. 고마워. 잘 자."

준영이 동생 사마귀

"엉아, 따마기 엄떵 크다."

4살 먹은 우리 아들이 목청을 높여 한마디 한다.

"진짜 멋있지? 어제는 나비를 잡아서 넣어줬는데, 날개만 남기고 몸통만 다아- 먹었따."

채집통을 들어 보이며 말하는 준영이의 얼굴이 자랑스러움으로 가득히 빛난다. 아이들이 어린이집 하원 후에 매일같이 모이는 놀이터가 있다. 엄마들에게는 벤치에 앉아 담소를 나누는 시간이고 아이들에게는 하루 치의 놀이에너지를 마지막까지 불태우는 시간이다. 한 날은 4세, 5세, 6세의 아이들 7여 명이 머리를 맞대고 감탄사를 내뱉고 있길래 까만 7개의 머리들 위로 불쑥 끼어 들어가 봤더니 장장 8센티는 되어 보이는 왕사마귀가 채집통 안에 위풍당당하게 앉아있는 것이다. 존재 자체가 공격인 그 태세를 보고 나도 한마디 거들었다.

"이야, 이놈 진짜 실하네. 윤기가 좔좔 흐르는 게 보통태가 아닌데. 준영아 이렇게 큰 걸 네가 잡았어? 너 정말 대단하다."

삼각형의 작은 얼굴 안에서 빙글빙글 돌고 있는 듯한 두 개의 커다란 겹눈과 더듬이 사이에 깨알처럼 박힌 세 개의 홑눈, 언제든 뻗어 어퍼컷을 날릴 준비가 되어있는 가시가 수북한 날카롭고 민첩한 앞다리, 상체와 어울리지 않게 글래머러스한 곡선을 가진 배. 범상치 않은 사마귀의 외모다. 순박하게 생긴 여치나 친근한 메뚜기와는 비교 불가한 포스가 강렬하고 멋있기도 하지만, 으... 솔직히 많이 징그럽다. 아이들이 좋아하고 잡아 기르는 당사자가 뿌듯해하니 긍정적인 반응을 보이는 게 예의라 생각하여 엄마의 마음으로 억지로 한마디 보탠 것이다.

딸아이보다 한 살 아래 동생 준영이가 늦여름 즈음, 주말

에 아빠랑 숲에서 잡았다며 기세가 남다른 사마귀를 곤충채
집통에 넣어 기르고 있다. 준영이는 그 녀석을 동생처럼 아끼
고 돌보는데, 하원 후 놀이터에 꼭 데리고 나오라고 아침마다
엄마에게 신신당부를 하는 모양이다. 살아있는 먹이만 먹는
다는 사마귀의 살기등등한 식성을 생각해 준영이 엄마는 매
일 여치, 메뚜기, 나비 등 닥치는 대로 채집해서 사마귀에게
산 제물로 바친다고 한다. 나의 한차례 립 서비스에 불과한
칭찬과는 차원이 다른 지극한 정성이다. 한동안 놀이터에서
는 준영이 동생 사마귀의 오늘의 메뉴나 까다로운 먹성에 대
한 이야기가 주된 이야깃거리였다. 메뚜기를 한 마리 넣어주
면 가만히 지켜보다가 순식간에 와서 덮친다는 둥, 시들시들
죽어가는 여치는 거들떠도 안 본다는 둥, 매미는 딱딱한지 먹
지 않는다는 둥. 아이들은 아무런 편견 없이 이야기를 흥미롭
게 듣지만, 함께 있던 엄마들은 하나같이 자신도 모르게 탄식
을 내뱉으며 이맛살을 찌푸려댔다. 말만 들어도 느껴지는 잔
혹함과 징그러움에 소름이 돋기 때문이다.

　준영이 동생 사마귀가 매일 함께 놀이터로 나온 지 보름
쯤 흘렀을까. 어느새 엄마들도 사마귀에게 인사를 건넬 정도

로 친숙해졌다. 그런데 어느 날인가 이 녀석의 배가 심상치 않아 보였다. 글래머러스한 배도 정도껏이지 이토록 통통하게 차오른 배와 기름진 자태는 분명 산란을 앞둔 암컷이 분명하다는 준영이 엄마의 말에 우리 중 누구도 반박을 할 수 없었다. 우리 모두 수태에 대한 경험자로서 느껴지는 무언의 직감 같은 것이 작용했다. 세 시간에 걸친 짝짓기를 하며 그 와중에 다섯 시간에 걸쳐 상대 수컷을 잡아먹으면서 새끼를 위한 영양분을 보충한다는 암컷 사마귀의 이야기를 나누면서 우리 모두 다시금 소름이 돋았다. 이렇듯 잔혹하지만 이 녀석의 우아하고 빛나는 자태에 대하여는 모두가 한입으로 인정할 수밖에 없는 것을.

"아이고... 몇 개월 되었소? 참 이쁠 때요."

제법 배가 차올라와 누가 봐도 임산부라고 알만한 시기에 이르러서는 지나가는 어른들에게서 종종 들었던 말이다. 조금만 빨리 걸어도 숨이 가빠오고 배인지 치골 부근인지 정확히 모를 자리가 불규칙적으로 조여 왔다. 화장기 하나 없는 얼굴로, 후줄근하고 품이 넉넉한 옷을 입고도 불룩한 배 쪽에 티셔츠가 말려 올라가서 윗옷을 여미기 일쑤였다. 스스로가 참 볼품없고 작은 거동에도 불편하다고 여겨질 때였는데, 그 시기를 다 지나간 어른들은 그 모습마저 아련하고 보기만 해도 예쁜 모양이었다. 그런 말들이 잘 와 닿지 않고 겉돌기에 그러려니 넘기곤 했었는데, 사마귀의 부풀어 오른 배와 온몸에서 뿜어 나는 윤기를 보며 불현듯 그때 생각이 떠오르는 게 아닌가. 그러나 이내 머리를 흔들고 잡스러운 생각을 떨쳐낸다. 아이들은 아이들대로, 엄마들은 엄마들대로 잔뜩 소란스러운 놀이터 벤치에서 또 무슨 주책스러운 감상이냐고 스스로를 꾸짖으며 수다에 다시 동참한다.

며칠 후, 간밤에 엄마 채팅방이 난리가 났다. 준영이 동생 사마귀가 드디어 알을 낳았다며 채집통 모서리에 3센치 가량 불룩하게 미색을 띠는 알집 사진을 보내 왔다. 그것을 본 엄마들의 아우성이 빗발쳤다.

헐~~~~

으악!!!!!!!!! 이를 어쩌냐.

맙소사!

그럼 앞으로 몇 마리를 키우게 되는 거여?

감당할 수 있어? 준영이는 뭐래?

너도 나도 입을 대는 바람에 채팅창이 빠르게 올라가는 와중에 나는 시답지 않은 농을 던지고 말았다.

미역을 끓여주고 산후조리 하게 생겼네. 잘해줘-

아무래도 준영이 동생 사마귀에게 제대로 감정이입을 했나 보다. 다음날 놀이터는 사마귀의 출산으로 또 한 번 시끄러웠다. 아이들은 알집을 보겠다고 와글와글 머리를 맞대고 채집통에 들러붙어서 감탄사들을 쏟아냈고, 엄마들은 알의 실제 모습을 보고 근심과 경악을 숨기지 못했다. 그런데 나는 유독 알을 낳은 사마귀의 초라하고 푸석한 자태가 자꾸 눈에 들어왔다. 금방이라도 공격할 것 같은 기세는 온데간데없고, 탱탱하게 차오른 배도 바람 빠진 타이어 마냥 느슨했다. 여름날의 풀잎같이 싱싱하고 가지런했던 날개도 가을의 메마른 잎사귀처럼 시들시들 하며 흐트러진 모양새였다. 출산을 하고 몇 날 며칠을 샤워도 못 하고 수시로 우는 아기를 달래가며 밤낮으로 젖을 내기 위해 피눈물 흘리던 때가 오버랩 된다. 생에 가장 빛나던 아름다움이 산란 후에 이리도 무색하게 식어버리는 일이 비단 사마귀의 일만은 아닌 것 같아서. 안타까운 마음에 준영이 엄마에게 넌지시 묻는다.

"얘 먹이 좀 잘 챙겨주지 그랬어."

"잡아줘도 거들떠도 안 봐. 안 먹드라구."

준영이 동생 사마귀는 놀이터에서 돌아온 후, 알집과 함께 준영이 아빠의 손에 '처리'되어졌다. 산란을 한 암사마귀는 시들대다가 며칠 내로 생을 다할 것이고 엄혹한 추위 속에 강한 생명력을 다져야 할 알집을 겨우 내 따뜻한 집안에 둘 수는 없기 때문이다. 사실 만물이 싹트는 봄이 되어 알집에서 와글와글 수백 개의 새 생명들이 거듭나는 것이야말로 준영이 엄마에게는 제일 끔찍한 장면일지도 모른다.

그래... 사마귀는 일생에 한 번 각 계절에 대처하며 치열하게 번식하면 생의 목적을 다 이룬 것이지만 인간은 다르지. 나도 아이를 낳아 기를 한창때에는 정신없이 야만의 시간을 살아냈다. 교양과 취향은 일단 접어두고 가장 기본적인 식욕과 수면마저 다 이루지 못했던 출산과 육아의 한때가 처절하게 지나갔다. 그 이후엔 20대의 생기로는 돌아갈 수 없더라도, 앞으로 펼쳐질 생의 때때 나름의 아름다운 시절을 누릴 것이라고 믿는다. 사마귀의 산란을 보며 남 일 같지 않아 짐짓 상념에 빠져들고 우울감이 들었지만, 사마귀의 일생을 통해 나의 생이라서, 인간의 생이라서, 참 다행이고 감사하다고 되뇌게 된다. 번식의 의무를 다하고도 자신의 삶을 찾고 성장하며 살 수 있다는 점에서 말이다. 아니, 그 이후가 진짜 시작이 아닐까? 바로 지금부터 말이다.

료안지의 정원사

깜깜한 방에 누워서 눈만 끔뻑거리며 하염없이 기다린다. 두 꼬마들의 깊은 호흡과 미동 없음의 순간을 말이다. 싱글침대 두 개를 나란히 붙인 한가운데 양팔을 벌리고 오른쪽 겨드랑이 밑엔 큰아이, 왼쪽 겨드랑이 아래엔 작은아이를 끼고 누웠다. 오른쪽 고객님은 그나마 수월한 편이라 책 한 권만 정성스레 읽어드리면 추가적인 손길 없이도 금세 꿈나라에 드신다. 문제는 까다롭고 민원이 많기로 유명한 왼쪽 고객님. 어둠 속에서도 뭐가 그리 부산스러운지 고사리 같은 손으로 내 목의 볼록한 점을 더듬어 긁어대고 내 눈을 파댄다. 맥락 없이 허공에 새끼손가락을 들이대며 무슨 약속을 해달라고 하지를 않나. 빈손을 동그랗게 모아 무언가 먹어보라고 권하질 않나. 토닥토닥 해내라. 본인 쪽으로 완전히 돌아누워라. 뽀뽀해라. 안아라. 하하- 이 기나긴 기다림의 시간 속에 자유로워지는 유일한 방법은 먼저 잠든 척 미동도 않고 머릿속으로 딴생각하기다. 비록 내 육신은 두 아이 사이에 큰 대자로 꽁꽁 묶여 있지만 내 의식은 어디든 갈 수 있으니. 내 날아 자유로워지리라. 훨-훨-. 그렇게 여기저기 유랑하다가 돌연 료안지의 가레산스이가 떠오른다. 료안지의 정원이라...

일본 교토에 있는 사찰 료안지에 가레산스이 양식의 정원이 있다. 가레산스이는 물 없이 돌과 모래 등으로 산수를 표현하는 정원의 한 양식을 뜻한다. 툇마루 앞에 동서로 25미터, 남북으로 10미터로 직사각형 정원이 펼쳐진다. 안에 고운 모래가 깔려있고 15개의 돌이 듬성듬성 존재한다. 꽃도, 나무도, 연못도 없는데 정원이라 한다. 크고 작은 15개의 돌은 제한된 공간 안에서 깊은 원근감을 내면서, 어느 방향에서 보아도 14개의 돌만 보이도록 설계되었다. 참선을 통한 선종의 깨달음을 얻은 자만이 15개 모두를 볼 수 있다고 한다. 매일 아침 정성스레 모래를 갈아서 고운 결을 낸다. 누군가의 기도와 정성으로 물이 되고, 섬이 되고, 자연이 되고, 우주가 되어 흐르는 료안지의 정원. 물이 없는 물의 정원. 확장하는 정원. 깨달음의 정원.

　　대학교 전공시간에 이곳은 아름다운 공간으로 몇 번이나 언급되었다. 화려한 관상수와 아름다운 화초라든지 설계의 기교에서 오는 눈에 보이는 아름다움이 아니다. 고요히 명상하고 음미하는 가운데 깨닫는 아름다움이라는 점에서 미에 대한 개념을 재정의하는 공간이었다. 이른 아침마다 엄격하게 치러지는 의식과 개인의 참선을 통해서 얻어지는 게 쉽지 않은 아름다움이다. 스물여섯 살이 되던 가을엔 료안지의 툇마루에 앉아 가만히 바라보고, 바람결을 느끼며 호흡을 골랐다. 정원사의 염원으로 형성된 모래의 결을 따라 흐르던 시선이 곧 물이 되어 흐르고 크고 작은 바위섬을 돌아 넘실거렸다. 그렇게 물길은 바다가 되어 무한히 흘러나갔다. 아름다웠다.

　　다시 컴컴한 침대방으로 돌아오니 왼쪽에 계신 까다로운 손님까지 새근새근 깊이 꿈나라에 드셨다. 료안지의 풍경이 갑작스럽게 툭 하고 이불 아래 떨어져 점점 확장되고 선명하게 내 앞에 밀려왔다. 우리집 철 지난 극세사 이불 안에서 하고 많은 생각 중에 왜 하필 료안지일까. 불교에서 15라는 수는 완전함을 뜻한다고 한다. 료안지의 정원에서는 누구도 15개의 바위를 모두 볼 수 없고, 완전한 선을 위해 수련하는 과정만이 있을 뿐이다. 음... 이제 엄마 6년 차에 들어서고야 조금 알 것 같다. 처음부터 완벽한 엄마란 없다. 마냥 어렵고 부담스러운 육아 앞에서 주체할 수 없는 내 감정과 욕망들을 격하게 겪어내며 노력하는 과정만이 있을 뿐이란 것을. 완전무결한 육아는 존재하지 않는다. 그래서 이 육아가 일종의 끝없는 수련 같다는 생각을 한다. 아니, 우리의 삶이 다 수련이지. 헝클어진 머리를 하고 누워 아이들의 쌔근거리는 숨소리를 들으며 다짐한다. 내게 주어진 엄마라는 역할과 두 아이와 함께 하는 일상을 정성을 다해 쓸고 닦아야지. 료안지의 정원사가 되어서.

엄마____딸,
엄마도 자라고 있어

바다아가

너와 오늘도 해운대 바닷가에 갔지.

손가락 사이로 스르르 빠지는 모래가 간지러워 까르르-

바닷바람이 모래를 싣고 네 얼굴에 따갑게 들이쳐서 까르르-

부드러운 모래밭에 뒹굴뒹굴 까르르-

바닷물 위에서 수천 개로 쪼개지는 햇살에 눈을 잔뜩 찌푸리며 까르르-

너는 해풍 맞고 자라는 아가.

해남에서 나는 고구마처럼,

남해에서 자라는 시금치처럼,

짠 바닷바람을 맞아 더 달고,

땅의 소금기를 머금어 속이 꽉 차고,

더 싱그럽고 강한 생명력으로 자라길 바라.

바다 아가야.

벚꽃 장염

토요일 저녁 식사 시간에 아들이 음식을 뒤적거리며 먹는 둥 마는 둥 하고 밥상에 올려 둘 장난감을 바꾸러 여러 번 왔다 갔다 했다. 보다 못해 버럭 화딱지를 냈다.

"야! 너 똑바로 못 먹니? 이런 식이면 엄마 밥 안 해 줄 거야!"

아.. 유치하게도 협박성 발언을 또 내뱉고 말았다. 이따위 발언은 좀 안 하기로 했는데. 이내 아이는 입을 삐죽거리더니 으앙- 하고 울음을 터뜨린다. 배가 아프고 입맛이 없었을 뿐인데 엄마는 제 마음도 몰라주고 야속하게 화만 내니 서러울 법도 하지. 그 후로 아들은 열이 오르더니 배가 자꾸 아프다고 칭얼댔다.

'이거... 불안한데. 장염만 아니기를....'

후다닥 씻기고 해열제와 유산균 한 포를 입에 털어 넣어 주고 아이를 재웠다. 그러나 불길한 예감은 언제나 빗나가질 않지. 밤새 아이는 몇 번을 깨어 배가 아프다고 울면서 결국은 이불에다 저녁 먹은 것을 다 토해냈다. 몸과 마음이 놀란 아이를 씻기고 달래고, 소란스러운 가운데에도 꿋꿋이 잠을 자고 있는 딸아이를 깨워 침대에서 내려오게 한 뒤 이불 패드를 새것으로 갈았다. 새벽 2시쯤 되었으려나. 아이는 속이 좀 편안한지 그 후로 아침까지 잠을 깨지 않았다. 그러나 나는 그때부터 잠이 확 달아나 뻑뻑한 눈을 끔뻑거리며 아이 이마에 연신 손을 대 열을 체크했다. 좀처럼 열이 내리지 않는다. 아이는 일요일 아침부터 내리 토하고 설사를 쏟아낸다. 창밖에 벚꽃이 만개하고 4월의 햇살은 눈부시게 쏟아지는데 우리 집 주말 풍경 속엔 장염이 만개했다. 슬프도록 화려하게.

먹은 것도 없는 작은 몸뚱이에서 수시로 쏟아내는 바람에 온통 안쓰러웠던 벚꽃 절정의 주말이 그렇게 지나갔다. 일요일 밤부터 아들의 열은 다행히 떨어졌지만 잠자리에 든 후 몇 번이나 깨어 배가 아프다고 울었다. 그러면 나는 반수면 상태로 아이의 배를 쓰다듬으며 속삭인다.

"지금 배 속의 나쁜 병균과 싸워서 이기고 있는 거야. 아주 잘하고 있어. 멋지다 우리 아들. 조금만 더 힘내."

실눈을 가늘게 뜨고 아이가 고개를 미미하게 끄덕이는 것을 본다. 이틀째 숙면을 취하지 못 해 잠이 무겁게 짓누르는 와중에도 그런 아들의 모습을 보고는 입가에 실실 웃음이 난다. 나의 씩씩하고 귀여운 왕자님-. 조그맣고 부드러운 배 위에다가 손바닥으로 몇 번의 동그라미를 그렸는지도 모르고, 몇 번을 잠들었다 깨기를 반복했는지 모르게 월요일 아침이 밝았다.

아침에 일어나보니 아무래도 아들의 상태가 등원은 힘들게 생겼다. 그렇담 큰 아이가 동생과 엄마가 집에 있는데 혼자 순순히 어린이집을 간다고 할 리 없지. 역시나 두 아이 다 어린이집에 가지 않았다. 아들은 아침을 몇 숟가락 들기는 했지만 먹는 것이 영 시원찮았고 온종일 누워 있었다. 거실에 이불을 반듯하게 두 번 접어서 깔아줬더니 작은 네모꼴 바깥을 나올 생각을 않고 이리 뒤척 저리 뒤척이다 그 자리에서 낮잠까지 잔다. 온종일 종이와 스카치테이프로 방패나 칼 따위를 꼼지락대며 만들어 영웅인 척, 멋진 척, 까불거리는 아들이 그립다. 어미 마음이 찢어진다.

'캡틴 아메리카! 얼른 배 속의 나쁜 병균을 물리치고 멋지게 돌아와.'

"엄마. 배고파. 나 밥 많이많이 먹고 싶어."

화요일 아침에 아들이 밥을 달라고 나를 깨운다. 잠은 물귀신처럼 무겁고 찐득하게 나를 잡아끌지만 아이의 밥 달라는 소리가 너무 반가워 침잠하는 중력을 이겨내고 벌떡 일어난다. 딸아이를 좀 더 자게 두고 아들의 아침을 챙겼다. 몇 끼를 굶다시피 해서인지 고작 미역국에 밥 한 덩이 말아 내놓은 것인데도 요 녀석 맛있게 먹는다.

"다행이다. 오늘은 컨디션이 좀 돌아왔구나. 오늘은 어린이집 가자."

"응!"

아차, 그런데 딸아이가 심상치 않다. 침대에서 꿈지럭대며 일어나지 못하다가 갑자기 와락 토를 쏟아내며 배가 아프다고 울상이다. 이로써 이틀째 아이들은 어린이집에 가지 않았고 집안엔 다시금 창밖의 벚꽃만큼이나 장염이 만개했다.
남편에게 문자로 이 사실을 알렸다.

> 따님 감염당첨 ㅠ

아이고... 주원이한테 옮았나 보네. 당신은 괜찮아? 자기도 옮지 않게 조심해-

> 나야 뭐... 그래...

달리 할 말이 떠오르지 않았다.

토요일부터 두 아이와 칩거 4일째, 나의 스케줄은 줄줄이
펑크가 났고 내 시간을 누리지 못하고 수발만 하느라 몸도 마
음도 지친다. 병수발이라 해봐야 토하면 걸레로 여러 번 닦아
내고, 설사하면 씻긴 다음 새 옷을 입히고, 배고프다고 하면
죽 쑤어주고, 배 아프다고 하면 무릎에 앉혀서 손바닥으로 문
질러 주고, 그래도 아프다면 찌푸린 얼굴을 하고 '우리 강아
지가 아파서 어쩌지' 따위 대꾸하는 게 다지만. 먹은 것도 없
이 축 늘어져 있다가 그 조그만 몸에서 다 쏟아내는 것을 볼
때면 내 맘도 아프게 쏟아진다. 화요일도 여차저차 저물고 아
이들이 잠들고 난 뒤 남편을 기다리는 혼자만의 시간. 맥주를
하나 꺼내 들고 앉았다. 남편이 아까 낮에 옮지 않게 조심하

라고 한 말을 되새기며 파자마 바지에 피 같은 필스너를 쏟았
다. 에헤이- 거참... 축축한 맥주를 털어내고 물티슈로 닦아
낸다. 남편의 걱정되는 마음은 이해가 간다만 의문스러운 것
은 어떻게 해야 이 마당에 전염되지 않을 수 있는가이다. 조
심이란 게 가능키나 할까. 내가 독감에 걸려 앓아누웠다가 겨
우 살만하면 아들이 이어받고 그 뒤를 또 딸이 이어받는다.
딸아이의 열감기가 아들에게로 이어지고 두 아이 좀 나아질
라치면 내가 앓아눕는다. 이건 뭐 일인다역 릴레이 계주도 아
니고 병상을 털고 일어나자마자 병수발로 바통터치 해야 하
는 경우가 부지기수다. 그러니 아이의 장염도 줄줄이 전해져
내게로 올 가능성이 크다. 내일 나도 아이들과 같이 앞뒤로
쏟아내게 될지 모른다만, 그럼에도 고된 하루를 마감하는 의
미에서 맥주는 한 캔 마셔야겠다. 까짓거. 내일은 벚꽃을 볼
수 있으려나.

  수요일 아침, 딸아이는 구토를 멈추고 기운 없이 축 늘어
져 있다. 아들의 수순과 같이 오늘 하루만 더 고생하면 내일
은 입맛도 돌고 기운도 차려질 것이다. 오늘도 아이들은 어린
이집에 갈 수 없겠구나. 그런데 이상하다. 내 배가 부글부글

거리며 살살 아파지는 게 심상치 않네. 아... 탯줄 끊은 지 오
래인 데도 우리는 이렇게 줄줄이 연결되어 있다. 벚꽃은 지고
있는데...

아기다리 고기다리

아침 7시, 아이들이 자리를 가볍게 털고 일어나 집안 곳곳에다 활기를 가득 채우며 누빈다. 침대에서 바닥으로, 바닥에서 침대로, 이불과 뒤엉킨 나를 넘나들며 우당탕-. 나의 신체는 아직도 무겁게 가라앉고 있는데. 짧은 시간 안에 남매는 세상 다정한 사이였다가 격하게 다투고, 징징거리고, 급기야 울음이 터지는 녀석도 있다. 참으로 버라이어티한 나의 작은 것들의 에너지를 이기지 못하고 부스스 무거운 몸을 일으켜 세운다. 뻑뻑한 눈을 끔뻑거리며 야채를 잘게 썰어 달걀과 함께 볶고 어제저녁 해 놓은 밥을 전자레인지에 돌린다. 아이들의 아침을 간단하게 챙기고, 빈둥빈둥하는 녀석들을 여러 번 불러다 씻기고, 옷을 챙겨 입힌다. 아침상을 정리하고 설거지를 할 동안 아이들은 그림을 그리고 블록 놀이를 한다. 시계를 확인하면 9시 25분 즈음, 집에서 5분 거리의 어린이집으로 두 아이 손을 잡고 나선다.

지금부터 나만의 시간이다. 육아 6년 만에 둘째 아이까지 어린이집에 보내고 온전한 나만의 시간이 주어졌다. 오전 9시 반부터 오후 4시 반까지 일곱 시간. 곧장 요가센터로 향한다. 6년 만의 운동이라 감격스럽고 유익한 시간임엔 분명하지만 요가가 끝나고 집으로 돌아와 점심을 대충 때우면 시계는 훌쩍 오후로 넘어가 있다. 달콤하고도 불안하다. 시계를 보며 읽으려고 마음먹었던 책을 집어 들고 앉았지만 배는 더부룩하고 정신은 희미해진다. 잠깐 눈 좀 붙일까 하고 낮잠을 청한다. 시간이 얼마나 흘렀을까. 화들짝 놀래 잠에서 깨어 시계를 보면 3시다. 저녁거리 사러 마트에 잠깐 들렀다가 정리 좀 하고 나면 아이들을 데리러 갈 시간이네. '아기다리 고기다리 던' 귀중한 시간이 매일 이렇게 흘러간다. 속절없이 흘러간다. 혼자 된 시간이 주어진다고 해서 윤이 나도록 집안을 구석구석 돌보는 일 따위는 애초부터 욕심이 없었지만, 무언가 본격적으로 미래를 준비하고 계획하는 일은 간절히 원해왔다. 그렇게 손꼽아 기다리던 시간이 막상 주어졌는데 나는 잘살고 있는 것일까. 시간이 의미 없이 늘어지는 것 같아서 속이 새까맣게 탄다. 무언가 해야 할 것 같은데 도무지 감이 잡히지 않고 내게 주어진 시간도 애매하게 느껴진다. 아기다리 고기다리 던 시간이 오면 해답이 보일 줄 알았는데.

이대로는 안 되겠다. 나는 누구? 여긴 어디? 끝도 없이 반복되는 불안감을 견뎌내지 못하고 집을 박차고 나왔다. 지인에게 받아두었던 사주 철학관의 명함을 들고 서면 거리를 찾아 나섰다. 속 시원하게 해답을 좀 얻어 볼까. 해운대 밖을 벗어날 일이 없는 아줌마가 먼 길까지 큰맘 먹고 찾아갔는데 용하다는 이 아저씨는 빙그레 웃으면서 듣고 싶지 않은 소리만 해댄다.

"아줌마는… 올해 아무것도 할 생각하지 말고 집에 붙어 있어야 하는 시기네요."

속이 부글부글 끓는 가운데 마음속으로 외쳤다.

'젠장. 아, 이때까지 주야장천 집에만 붙어 있었잖아요. 얼마나 더 이렇게 있어야 합니까? 예? 저는요. 집에 있을 팔

자 아니라 했거든요. 이 사이비 양반아!'

삿대질까지 해대며 소리칠 뻔했다. 사주 이거 재미로 본다지만 사람을 매우 의기소침하게 하는 면이 있군. 그것도 아주 많이. 쳇.

난 뭐 계속 이렇게 아이 키우고 살림만 하는 사람인가. 나는 엄마로서만 기능하는가. 하긴, 철학관에서 내 미래를 점지해줄 것도 아니고 해답을 기대했던 내 꼴이 우습다. 멍하게 거실 소파에 앉아 있다가 시계를 보니 벌써 4시를 훌쩍 넘었다. 엉덩이 툭툭 털며 아이들을 데리러 가야지. 다시 5분 거리의 어린이집으로 향한다. 어린이집 문이 열리고 날 것의 활기와 함께 두 아이가 우르르 내 품에 들어온다.

"엄-마-"

"응, 재미있게 놀았어? 집에 가자. 우리 강아지들."

"엄마 오늘 집에서 뭐했어?"

늘 나의 사생활이 궁금한 딸아이가 집으로 오는 길에 묻는다.

"음… 엄마 오전에 요가하고 오후에는 어디 좀 다녀왔어."

"어디 다녀왔는데? 거기가 어디야?"

"음... 그냥... 서면에... 시장 보러 다녀온 거야."

거짓말을 내뱉고는 얼굴이 화끈 달아올랐다. 두 아이의 손을 잡고 나란히 걷고 있어서 참 다행이지. 그나저나 오늘 저녁은 또 무얼 해다 먹일까 생각한다. 응, 아기다리 고기다리던 시간이 왔다만 나는 그저 엄마다.

'행복만 줄게'라는 오만

매일같이 해다 먹이고 씻기고 살을 부비면서 잠을 재우는데도 7살 딸아이를 보면 순간적으로 흠칫 놀랄 때가 있다. 얼굴의 통통한 젖살이 온데간데없이 갸름해지고, 팔다리가 쭉 빠지고, 표정이 싹 빠진 얼굴로 대체 무슨 생각을 하는지 종잡을 수 없다. 유아의 티를 벗고 제법 성숙미를 풍기는 거다. 5세 아들의 품에 쏙 들어오는 사이즈, 손바닥 안에 딱 들어오는 보드라운 발바닥의 느낌과 딸의 그것들은 이제 확연히 다르다. 딸아이가 예전처럼 치대고 안기는 일도 잘 없지만 간혹 안기기라도 하면 내 품 안에서 착 감기는 맛이 없이 크고 길어서 넘쳐나는 느낌이 든다. 마사지라도 하려고 발바닥을 손

안에 넣으면 크고 덜 보드라워서 낯선 느낌이 든다. 종종 업어달라고 혀 짧은소리를 하는 동생을 따라 자기도 업어달라는 큰 아이의 요청을 뿌리치지 못하고 업어보면 몇 발짝 못가서 숨을 헐떡거리며 내려놓게 된다. 딸... 언제 이 만큼 컸어? 두 아이 키워낸다고 정신없이 살았던 것 같은데 어느새 내 생에 처음으로 만난 작은 핏덩이는 내 키의 절반을 넘는 7살 소녀가 되었다. 새삼스럽기 그지없다. 이래서 어른들이 '눈 깜짝할 새 큰다.', '애 키우는 거 금방이다.' 하는구나. 진짜 듣기 싫었던 그 말이 이제야 겨우 수긍이 된다. 7살 너의 세계는 어때? 7살의 딸아이를 이해해 보려고 나의 7살을 기억해낼 때가 있다.

심한 갈증을 느끼며 잠에서 깨보니 컴컴한 마사지실 침대에 혼자 누워있다. 여름날이지만 자고 일어난 밤이라 체온이 떨어진 탓에 몸이 으스스 떨린다. 뻑뻑한 눈을 몇 번 깜빡이다 빛이 새 들어오는 미용실 홀 쪽을 바라본다. 아무런 인기척도 들리지 않는다.

"엄마-."

"……………"

불안이 스민다.

"엄-마-."

"............."

누운 자리에서 벌떡 일어나 다시 불러본다.

"엄마-. 이모-"

"..............."

쿵쾅대는 심장을 어찌하지 못하고 가슴을 식식거리며 울음에 발동을 건다. 급한 마음에 신발도 제대로 신지 않고 마사지실 밖 미용실로 뛰쳐나간다. 역시 아무도 없다. 시계는 9시 30분. 활짝 열려있는 미용실 문밖으로 나가 상가 복도에서 아래를 내다보니 깜깜한 어둠을 뚫고 차들만 쌩쌩 달리고 있다. 안절부절못하고 미용실 문턱을 들락날락하면서 왕- 하고 울음을 터뜨린다. 온 얼굴이 일그러진 채로 전신에 쥐가 나는 느낌이다. 몇 분이나 흘렀을까. 1층 빵집 아저씨가 내 울음소리를 듣고 올라왔는지 다정하게 나를 달랜다.

"정아-. 엄마는 협회 모임에 간다더라. 이모들은 다 퇴근했구나. 아빠가 곧 올 것이니 울지 말고 기다리거라. 아저씨는 간다. 울지 말고."

그런 말 따위 지금 내게 아무런 위로가 되지 않는다. 나는 당장 이 깜깜한 밤에 혼자이고 엄마도 없고 아빠도 없다. 소리를 드높여 울어 봐도 불안함은 좀처럼 사라지지 않고 외려 더 깊게 온몸으로 퍼진다. 이 소리가 엄마·아빠에게 가 닿을 리도 없지. 나는 까맣게 까맣게 혼자다.

하루는 교류분석에 입각한 부모교육의 질적 연구에 관한 논문을 준비하시는 어른이 내게 도움을 요청하셨다. 부모교육을 받기 전과 후 개인의 변화에 대한 인터뷰라는데, 나의 변화를 정리해 보는 기회가 되겠다 싶어서 흔쾌히 요청을 받아들였다. 인터뷰는 역시 나의 어린 시절 기억부터 끄집어내는 것으로 시작했다.

"굉장히 불안하고 불행한 시절이었어요."

"음... 왜 그렇게 생각하죠?"

질문자의 얼굴에 설핏 비쳤다 사라지는 의아함을 나는 놓치지 않는다.

"엄마는 일로 늘 바빴고 아빠는 항상 늦게 귀가하셨어요. 4살 터울의 동생은 이모 댁에 맡겨져 저는 거의 혼자 자랐어요. 휴대폰도 없는 시절에 밤 12시경이 될 때까지 엄마아빠를 불안감 속에 기다리는 일이 비일비재했죠. 잠에서 깨 보니 직

원은 다 퇴근하고 모임에 간다고 엄마도 부재한 컴컴한 가게에 혼자 누워있기도 했었어요. 엄마는 주말마다 6, 7살 나이 차이의 사촌들이 있는 외삼촌네로 저를 보냈어요. 생일이나 크리스마스 같은 특별한 날에도 그랬어요. 함께 시간을 보낼 수 없으니 손에 케이크 하나 들려서 사촌네로 보낸 것이겠죠. 중학생의 언니오빠는 7살 징징거리기가 특기인 조그만 아이가 얼마나 귀찮았겠어요. 나는 그저 내내 귀찮은 존재였어요. 사촌들에게도, 부모에게도, 세상에게도."

그 어른은 그런 일만으로는 어린 시절 전체를 불행하다고 규정하는 나를 이해할 수 없다고 했다. 공감하기엔 현재의 내가 너무도 멀쩡해서일까? 내 속에 커다랗고 까만 공백이 엄연히 존재하는데, 이와 유사한 반응을 만날 때마다 속을 다 까뒤집어 내보이고 싶은 충동이 든다.

"네가 너무 부정적인 거 아니야?"

"엄만 일하시느라 바빴잖아. 그저 열심히 사신 거야. 그것도 이해 못해?"

만사를 삐뚤게 보고 있다고 개인의 세계관을 걱정하거나, 생업에 매진하며 열심히만 살았던 부모를 이해 못한다고 속

좁은 사람 취급을 받으며 비난이 함께 따라온다. 뉴스에 날 만큼 끔찍한 사건을 경험해야만 한 개인의 불행이 인정되고 위로받을 수 있는 것일까. 누군가의 역사를 듣는다면 그 나름의 아픔을 자로 재단하거나 평가해서는 안 된다. 아 그랬구나... 이 말 한마디면 충분한 것을. 어렵게 나를 고백할 때 돌아오는 이런 종류의 반응 앞에서 미묘한 모욕감이 올라온다. 그리고 자연스레 활 사위를 자신에게 겨누게 된다.

'그래, 나란 인간은 이토록 예민하고 부정적이고 나약하구나. 긍정적으로 헤쳐 나가지 못하고 진흙 구덩이에서 허우적거리는 꼴이란. 참 못났다.'

그리고 결심한다.

'딸, 네게는 행복만 줄게.'

그러나 그것은 불행의 시작이었다. 첫 아이를 가지면서 내 아이에게는 나 같은 상처는 없어야 할 것이라고 결심하고 결핍 없는 환경을 제공하기 위해 최선을 다했다. 의료개입이 없는 자연출산을 택하고, 억지스럽게 모유 수유를 했다. 비슷한 생각을 가진 가정들을 모아 어렵게 공동육아 어린이집을 만들어 인가를 받았다. 그 와중에 하나였던 아이는 둘이 되었고 나는 더 치열하게 육아 전선에서 싸우고 고민했다. 그런데 뭔가 이거 이상하다? 나는 온데간데없고 아이는 아이대로 내 품 안에 따뜻하게 들어와 있지 않고 겉도는 것만 같다. 환경을 만들겠다고 일만 벌이고 쫓아다니다 보니 정작 아이와 대면하여 눈을 맞추고 웃고 뒹굴 여유는 별로 없다. 심리 성격 검사의 결과대로 허용보다는 통제가, 보호보다는 자유 성향이 강한, 쉽게 말해 따뜻한 어머니상은 못 되는 기질에다, 행복만 주겠다는 그 삐뚤어진 강박은 아이와 나를 모두 병들게 하고 있었다. 그 사실을 아이가 7살 되는 해에 깨달았다.

7살의 내가 생생하게 떠오르는 것을 보면 내 아이도 현재를 다 받아들이고 기억하게 될 것이다. 참 다행이다. 이 중요한 시기에 왜곡된 결심과 오만함을 바로 보게 되어서. 내가 경험하고 느낀 모든 일은 나의 잘못이 아니며 부모의 잘못도 세상의 잘못도 아니다. 그건 그저 개인의 필연적인 역사일 뿐이고 그것으로 인해 고통스러웠다면 그런 나를 스스로 토닥이고 앞으로 나아갈 수밖에 없다는 것을. 아픔을 성장의 에너지로 삼아 좀 더 나은 오늘을 살아 내야 함을. 내 딸이 단맛, 쓴맛을 두루 경험하며 건강하고 아름답게 자라길 바란다. 그

것이 생의 매력이라고 감사하고 겸허히 받아들이는 사람이 되길 바란다. 그러니 딸, '행복만 줄게'라는 말도 안 되는 오만함은 이제 그만 때려치울게. 엄마는 지금도 자라고 있어. 네 덕분이야.

그냥, 모르겠다

가만히만 있어도 등줄기에 식은땀이 주르르 흐르는 계절
이다. 나의 움직임과 상관없이 멍청하게 허공에다 뜨거운 바
람을 쏘아대는 선풍기를 한번 흘겨본다. 아기를 안고 좌로 한
번, 우로 한 번 리듬을 타며 30분째 제자리걸음이다. 아기의
살과 내 살이 맞닿은 부위가 뜨겁게 끈적거린다. 소파 한쪽에
널브러져 있는 아기띠에 자꾸 시선이 간다. 저 아기띠라는 것
의 도움을 받으면 무게가 분산되어 좀 살만할 텐데... 출산 준
비물로 아기가 태어나기 한참 전에 사다 놓은 아기띠는 100
일 된 아가부터 쓸 수 있다고 한다. 70일 된 내 딸에겐 아직
무리다. 5킬로가 채 안 되는 아기가 천근만근처럼 느껴지고

손목이 으스러지고 어깨가 무너져 내릴 것만 같다. 갑자기 젖까지 돌면서 옷이 흥건하도록 젖물이 뚝뚝 새어 흐르면 나라는 존재가 이 여름과 함께 그만 녹아 소멸되었으면 싶다. 6월에 태어난 여름 아기를 위해 정작 필요한 것은 아기띠가 아니라 에어컨이었는데. 엄마는 처음이라 이토록 무지하다.

베란다 너머 고등학교의 열린 창문으로 복도와 교실 안쪽을 하염없이 바라본다. 남학생, 여학생, 선생님이 골고루 분주히 움직이고 명랑한 소란이 끊임없다. 나도 저들처럼 두 다리, 두 팔로, 자유롭게 거닐고 싶다. 나도 저들처럼 누군가와 떠들고 웃고 싶다. 맞은편 아파트의 10층까지 도달하는 주체할 수 없는 저 활기에 짜증이 치밀고 괜스레 눈물이 난다. 단조풍의 종소리와 함께 순식간에 모든 움직임과 소리가 소거된다. 수업이 시작되었나 보다. 부서져 버릴 것 같은 내 신체에 의식을 두지 않으려면 무엇인가를 다시 응시해야 한다. 저 멀리 산이나 내다보자. 8월의 산은 참 푸르다 못해 검구나. 이 찌는 더위마저도 일렁일렁 눈에 밟히는 것 같다. 그런데 아가야 너는 언제 잠이 드니. 네 눈이 아직 까맣게 깜빡이는구나. 아가야... 엄마 어깨가 아프다. 손목도 허리도 다리도 아프다. 잠이 들면 이불에 잠깐 내려놓아도 될까?

젖을 먹여서인지 자주 배가 고프다. 메뉴라고 해봐야 미역국에 밥 한 그릇 겨우 말아먹는 식이니까 돌아서면 소화가 된다고 봐야겠지. 잘 챙겨 먹어야 엄마도 아기도 건강하다고 귀에 못이 박이도록 들었는데 잘 챙겨 먹는 것이 가능키나 한 것일까. 나의 식사는 인간의 것이 아니었다. 아기를 잠깐 눕혀두고 국을 데워 밥 한술 뜨라치면 울어댔다. 자지러지는 아이의 울음소리를 견뎌내기가 유난히 힘들었다. 날카로운 울음소리는 내 몸의 모든 신경을 한 올 한 올 곤두세우고야 만다. 오늘도 아기를 안고 밥을 먹는다. 등 뒤로 업을 수만 있다면 그나마 편할 텐데. 아기에게 국물이 흐르지나 않을까 어정쩡한 자세를 하고 밥이 어디로 넘어가는지 제대로 씹고 있는지도 모르고 들이마시는 일이 반복되었다. 처참한 지경이다.

남들 다 자는 밤이라고 내겐 다를 것이 없었다. 본격적인 밤잠 전에 충분히 먹여 재우면 밤새 깨지 않는다는 아기는 과연 현실에 존재할까. 두 시간에 한 번씩 깨서 우는 바람에 출산 이후 한 번도 통잠을 자 본 기억이 없다. 잠이 쏟아져 나를 잠식해올 때는 자지 못하고 아기가 잠든 대부분의 시간엔 정신만 각성상태다. 온몸에 피가 마르는 것 같다. 딱 죽을 맛이다. 밤낮없이 아기를 안고, 흔들어 재우고, 젖을 먹이고, 또 안고, 안은 채로 겨우 밥 한술 뜨고, 또 젖먹이고... 매일 이 작은 공간에서 너랑 나, 단 둘뿐이다. 시간이 엿가락 마냥 늘어지게 흐른다. 잔인하게도 흐른다. 나는 매일 매 순간 천벌을 받고 있다.

하루 종일 땀과 젖에 절어 있어서 하루에도 몇 번씩 샤워가 간절하다. 하지만 아기를 잠시도 내려놓을 수 없으니 날이 저물 때까지 꾹 참아 낸다. 에어컨 없는 집에서 선풍기마저 가만히 앉아 쐬지 못하고 샤워마저 자유롭지 못한 극한의 여름날이다. 초저녁이 되면 기회를 살피며 잠든 아기를 조심스레 눕혀 놓고 화장실로 달려간다. 허둥지둥 물을 뿌리고 비누칠도 하는 둥 마는 둥 두서없는 샤워가 시작된다. 샤워 중에 아기가 울어도 내버려 두는 쪽을 택하지만 특별히 자지러지며 울 때는 머리의 거품을 다 헹구지 못하고 수건을 둘둘 말고 나와 아기를 안아 젖을 물리는 일이 다반사이다.

아기가 밤잠이든 낮잠이든 깊은 잠에 들지 못하고 자주 젖을 찾는 것 같다. 젖의 양이 충분치 않은 걸까. 젖은 넘쳐나는데 아기가 빠는 양이 생산되는 젖의 양을 따라가지 못해 젖몸살이 와서 다들 고생한다고 들었다. 양이 확실히 적은 것인지 젖몸살 한번 경험하지 못한 나로서는 출산의 고통과 맞먹는다는 타인의 무시무시한 젖몸살의 고통마저 부럽게 느껴졌다. 그렇다면 분유를 같이 먹여야 하나? 분유와 함께 혼합수유를 시작하면 젖의 양이 눈에 띄게 준다고 하는데. 아이와 엄마의 애착 형성이나 영양적인 면, 면역력 측면에서 모유만큼 완전한 것은 없다고 들어왔다. 모유가 부족한 것은 나의 태생적인 문제인가 노력의 부족인가. 무엇이 잘못되었을까. 이러지도 저러지도 못하겠다. '완모'라고 말하는 완전한 모유수유를 적어도 돌까지는 해내고 싶은데. 엄마는 처음인데 나보고 뭘 어쩌라는 건지 모르겠다. 미역국을 하루에도 다섯 사발씩 의무감에 들이키고 젖이 잘 돈다는 한약을 두 채째 지어다 데워먹고 있다. 모유만 먹이라고 누구도 내게 강요하지 않았다. 나를 옭아매고 벼랑 끝까지 몰아세우는 건 그 누구도 아닌 나다.

　멍하게 산을 향하던 시선을 거두고 아기를 내려다본다. 그새 요 작은 것이 새근새근한다. 아기의 작은 이마에 송골송골 맺힌 땀방울을 조심스레 훔쳐낸다. 동그란 이마, 동그란 코, 동그란 입술, 동그란 볼... 방금까지 머릿속을 가득 채우고 있던 내 미친 생각들이 산산이 부서진다. 하아- 너는... 너는... 이토록 아름답다. 아기 이마 위에 뜨거운 것이 뚝뚝 떨어진다. 아기의 눈꺼풀이 미미하게 흔들린다. 뜨거운 눈물은 훔쳐내 바지 귀퉁이에 쓱쓱 닦으면 그만이지만 함께 흘렸던 죄책감은 닦아낼 방법을 모르겠다. 모성애가 뭘까? 엄마는 뭘까? 출산은 뭘까? 자식이란 뭘까? 생명이란 뭘까? 산다는 게 뭘까? 육아란 뭘까? 행복이란 뭘까? 불행이란 뭘까? 나는 뭘까? 다 모르겠다. 그냥, 모르겠다.

농사나 육아나

　지난 일요일에 주말농장에서 첫 수확을 봤다. 우리 밭에서 얻은 것은 가지 10여 개, 방울토마토와 찰토마토 한 바구니, 오이 세 개, 큼지막한 노각도 하나. 덩굴 잎사귀 밑에 있어 처음엔 찾지 못했던 노오란 참외도 두덩이 땄다. 옆 친구네 밭에서 파 세 뿌리, 주먹 두 개만 한 양배추 한 덩이와 고추도 몇 개 얻었다. 모아 놓고 보니 다양한 야채들로 바구니가 흘러넘칠 정도로 대단한 수확이다. 이렇게 뿌듯할 줄이야. 시골에 있는 시댁에 갈 때마다 야채란 야채는 원 없이 얻어먹어서 굳이 농사까지 지을 이유는 없는데 이번 주말농장은 오로지 아이들을 위한 셈이다. 땅을 고르고, 씨 뿌리고, 물주고,

가지치기를 하고, 거둔 열매를 요리해서 먹고, 아이들과 이 과정을 함께 하는 것이 뜻깊겠다 싶었다. 그런데 막상 해보니 일도 내 몫, 기쁨도 내 몫, 순전히 나를 위한 일이었다. 수확의 기쁨을 한 번 맛본 뒤로 반짝거리는 그 열매들이 자꾸 눈에 아른거린다. 또 밭에 나가 열매를 거두고 무성한 가지를 만져주고 싶은 마음이 드는 것이 필요에 의한 의욕은 아닌 게 확실하다. 냉장고 야채 칸이 그득한데도 그 생각이니 말이다.

친구네 시댁에서 소유하고 있는 빈 땅에 양해를 구하고 집집마다 두 고랑씩 맡아 일 년을 이용해보기로 했다. 친구의 시아버님께서 먼저 빈 땅을 기계로 고르는 작업을 해 주셨고 손재주 있는 아빠가 일정한 간격으로 말뚝을 박고 거기다 끈을 매어 이를 자 삼아 골을 나누었다. 각 집마다 골을 파고 채소를 심을 부분에 흙을 돋워 주었다. 그다음으로 하루 날 잡아서 집집마다 준비해 온 모종을 심기로 했다. 무슨 모종을 심어야 할지, 몇 개나 심어야 할지부터가 고민이었다. 손이 안 가도 잘 자라는 야채나 작물일 것이 모종의 첫 번째 조건이었다. 우리는 가지, 참외, 토마토, 옥수수를 심었고 다른 집들은 상추, 깻잎, 브로콜리, 대파, 배추, 고추를 심었다. 다양하게 심어서 골고루 나누어 먹겠다는 계획이었다.

모종을 심고 물을 듬뿍 뿌려주었다. 그런데 이거 첫 농사
일부터 예감이 좋지 않다. 아이들은 농사일에 전혀 관심이 없
고 한쪽 그늘에서 모여서 돌을 주워 소꿉놀이를 하거나, 벌레
를 잡아 분해하는 장난질을 했다. 일하는 부모들 등짝에 물총
이나 쏘아대며 저이들끼리 깔깔거리기도 했다. 3살 아가들은
천지 분간을 못하고 심어놓은 모종을 밟아 부러뜨린다든지
모종 위에 흙을 뿌려 덮는다든지 우리 사업에 훼방꾼 노릇을
했다. 보아하니 아이와 함께 하는 노동과 수확의 기쁨 따위는
제대로 글렀다. 엄마·아빠 등골 빠지는 일을 자처한 것이다.

주말농장의 훼방꾼은 아이들만이 아니다. 부모들의 게으
름이 일등공신이다. 주말마다 가서 모종이 자라는 정도를 보
고 기둥을 세우고, 가지를 메어 주고, 가지치기도 제때 해주리
라 다짐을 했건만. 집에서 차로 20분 거리가 왜 이렇게 어려운
것인지. 집집마다 주말농장은 월말농장이 될 마당이다. 처음
에 모종을 심어 놓고 영영 텃밭을 찾지 않아 야생초를 방불케
하는 가정도 있었다. 참 신비롭게도 이 가족의 파, 고추, 토마

토는 방치해도 알아서 잘 컸다. 이들이 행한 자선으로 텃밭 오 갈 때마다 파 3~4뿌리씩은 꼭 요긴하게 얻어 갈 수 있었다.

농사일에 있어 무지함도 훼방꾼이 된다. 아들이 좋아하는 대추방울 토마토라고 사서 심은 것은 키우고 보니 찰토마토였다. 나이롱 초보 농부에게는 모종만 보고는 분간이 여간해서 어렵다. 그런대로 재미있게 거두고 맛있게 먹긴 했지만 아들이 방울토마토를 따야 한다고 덜 익은 어린 찰 토마토의 열매를 따는 것을 말리다가 한바탕 울음바다가 터지기도 했다. 시댁의 텃밭에서 내가 먹을 야채만 몇 번 뜯어보았지 키워내기 위한 무수한 노력들은 어머니 소관이라 관심을 두지도 시도해 본 적도 없었다. 아이들을 위해 한다고 막상 텃밭을 시작했는데 남편과 나, 둘 다 어설프기 짝이 없다. 흙은 얼마나 돋워야 하는지, 모종은 얼마나 깊이 심어야 하는지, 가지는 어디를 쳐 주어야 하는지, 인터넷에서 찾은 정보만으로는 그 정도를 다 알 수가 없었다. 띄엄띄엄 들리긴 했지만 하다 보니 익숙해지고 정성을 쏟으니 애정도 생기더라는 사실.

농사가 정성만으로 되는 것이던가. 하늘도 도와야 한다.

오————— 딸.
엄마도 자라고 있어

애초에 가지 모종을 6개 심었는데 3주 뒤 가보니 두 개는 말라비틀어져 있고 네 개만 잎사귀를 내고 있었다. 참외도 세개 심은 것 중 두 개만 살아남았다. 분명 똑같이 도닥여 심고 물도 듬뿍 주고 왔는데. 어설픈 우리의 월말농장도 그렇지만, 시댁에서 제대로 일구는 텃밭을 보면 한 해마다 잘 되고 안되는 작물이 따로 있다는 것이 분명했다. 그해 어머니께서 고추가 죄다 시들시들 댄다 하시더니 우리 친구네 시댁의 고추도 다른 야채에 비해 수확이 잘되지 않는다고 한다. 시어머니의 밭은 경북 고령이고 친구네 밭은 부산 기장인데도 한해의 농사는 묘하게 통한다. 며칠 내로 고추 농사가 흉년이라 올해 고춧값이 폭등하겠다는 떠들썩한 뉴스를 티비를 통해 확인할 수 있다. 그해 그 작물에 맞는 강수량과 햇볕과 바람이 있겠거니... 월말농장의 농부는 생각해본다. 농사에 있어 사람이 쏟는 정성 외에도 인간이 예측할 수 없는 하늘의 덕도 참 중요하다는 것을 깨달았다.

주말마다 가보지는 못하고 비가 오면 오는 대로, 가물면 가무는 대로 신경이 텃밭으로 갔다.

'오늘은 비에 땅이 제법 촉촉하겠네. 수분을 듬뿍 머금고

무럭무럭 자라겠다.'

'아 요즘같이 가물어서야, 텃밭에 채소들이 어쩐다나. 다 마른 건 아닐까.'

'자란 만큼 대를 매어 더 올려줘야 하는데. 열매는 맺었을까.'

'이번 비에 무성하게 엉켜 자랐을 가지들을 좀 쳐내야 하는데.'

'조랑조랑 초록으로 맺힌 토마토는 지금쯤이면 빨갛게 익었을라나.'

삼 주 만에 우리 밭에 들렀다. 가지치기와 대를 매주는 작업이 잘되지 않고 일체의 약을 치지 않으니 밖에서 보면 텃밭 전체가 딱 정글의 모양새다. 집집마다 월말농장을 운영했으니 말 다 했지. 토마토와 참외 등 덩굴식물들이 여기저기 얽혀서 고랑과 이랑의 구분조차 쉽지 않았다. 웃자라지 못해서 토마토 열매가 땅에 닿아 벌레가 먹고 썩어 난 것이 절반을 넘었다. 그래도 매번 갈 때마다 우리가 먹을 만큼은 수확을 한다. 뛰어다니는 아이들을 불러 반들거리는 가지를 꺾어 따게 하고 토마토를 따는 것을 도와달라고 부탁한다. 아이들은 몇 번 신이 나서 열매를 따보다가 금세 자기들끼리 다른 놀이를 찾아 나선다. 요 귀여운 똥깡아지들. 아이나 열매나 참 반들반들 예쁘게 빛이 난다.

　땅이라는 게 이렇게 신기하다. 사람의 손길이 잘 닿지 않아도, 오랜 가뭄이 지나가고, 며칠씩이나 비가 퍼부어도, 강추위에도, 무더위에도, 꿋꿋이 견디고 제 할 일을 다 해내는 것이. 예상할 수 없는 자연의 변덕 속에서도 이렇게 줄기와 잎사귀를 틔워 내고 빛나는 열매를 내어놓는다. 식상한 표현인데, 자연은 참 위대해. 저기 아무 데나 물총을 갈기며 깔깔거리고 흙을 파내고 벌레를 잡아 머리를 맞대고 탐구하는 아이들을 보며 생각한다. 농사나 육아나 나는 거들뿐 자연의 이치대로 거두어지겠거니. 아이들은 꿋꿋이 잘 자라고 나 역시 부모로서 잘 영글어가고 있다고.

즐거워 친구들에게

안녕 즐거워 친구들!

오늘 내가 우리 어린이집에서 일일 선생님을 맡은 줄 어떻게 다 알았대? 아침부터 나의 별칭을 모두가 다정히 불러주어서 고마워.

"도르- 안녕."

"도르- 오늘 선생님이지?"

"도- 르-"

목적도 없이 나를 한번 부르고 배시시 웃고 가 버리는 민서와 이현이. 나 또한 매일 보는 즐거워의 얼굴들이 오늘따라 더 귀엽고 사랑스럽다. 4세, 5세, 6세, 7세의 생기가 놀랍도록 아름다워서 새삼스럽네. 들쭉날쭉한 모두의 등원을 기다리는 동안 동그란 책상에 둘러앉은 너희들에게 다가가니 한율이가 읽어달라고 책을 슬쩍 내밀더라고. 조그만 걸상에 도르 커다란 엉덩이를 걸치고 앉아서 책 읽기를 시작했어. 첫 장도 넘기기 전에 서로 머리를 들이밀어서 앞 친구의 시야를 가려대니 안 보인다고들 아우성이다. 책을 잡아 든 팔을 드높이고 목소리도 한 톤 더 높인다. 아이고- 도르 팔 떨어지겠다. 아이고- 목청이야. 시작도 전에 벌써 힘에 부치면 큰일인데 이거. 그렇게 실랑이를 하다 보니 친구들이 모두 모였네. 바닥에 동그랗게 모여 앉아 '꽃은 참 예쁘다' 노래를 같이 부르고 서로의 이름을 함께 불러주었지.

"도르 꽃 왔니?"

16명 모두 입 모아 야무지게 나를 불러 줄 때 그 기분은 뭐랄까 헹가래를 받아서 하늘로 붕 떠오르는 기분이었어. 배가 간질간질- 다 알지? 그 기분. 그래서 내가 화답의 의미로 눈이 빠질 듯이 크게 뜨고 호랑이처럼 사납게 대답했지.

"어흥- 도르 꽃 왔다!"

나의 우스꽝스러운 표정과 과장된 목소리에 모두가 배꼽을 잡고 제자리에서 데굴데굴 굴렀잖아. 으하하하하. 나 진짜 오늘 이곳의 일일 선생님이 아니라 너희들의 친구가 된 기분이야. 야호반 김도르.

오늘의 나들이 장소를 함께 정했지. 너희들이 이름 붙였다는 지렁이 숲에 대해서 이름만 숱하게 들었지 직접 나들이를 가보기는 처음이야. 너무 기대되었어. 우리 어린이집 아파트 단지를 통과해 구름다리를 건너고 도서관 뒤편, 두 아파트 사이로 난 산책길을 따라 쭉 걸으면 이르는 곳. 서안이와 민서는 서로 내 손을 잡겠다고 걷는 내내 다퉜어. 민서가 내 손을 붙잡은 서안이 손을 잡아떼고, 서안이는 다시 민서 손을 잡아떼는 식이었지. 후훗- 귀여운 녀석들. 우와! 여기가 지렁이 숲이구나. 그런데 가만, 우거진 나무 아래 그늘진 이 숲의 흙의 모양새가 이상하다. 색깔이 회색을 띠고 포슬포슬하게 덩어리진 흙들이 군데군데 조금씩 돋워져 있어. 한두 군데가 아니야. 나뭇가지를 하나 주워들고 무언가 열심인 정원이가 나를 불렀어.

"엄마-. 도르-. 이것 봐 봐. 여기야 바로. 어디 있지? 어디 있지? 나와라~"

쭈그리고 앉아서 나뭇가지로 흙을 슬렁슬렁 파헤치는 걸

보고 나도 옆에 쭈그리고 앉았다. 몇 번 휘적거리자 꿈틀꿈틀 지렁이가 무더기로 3, 4마리씩 나왔어. 어떤 놈은 2센치 가량 머리만 내밀고 꿈지럭대고 있지 뭐야.

"으악----"

실화냐? 나도 모르게 비명을 지르며 뒤로 쾅당 엉덩방아를 찧었어. 그런 나를 보고 정원이와 옆에 서 있던 세은이, 한율이가 깔깔대며 웃었잖아.

"아하하하하. 도르 넘어졌다."

"도르 깜짝 놀랐다. 깔깔깔깔-."

아, 그깟 지렁이 하나로 웃음거리가 되다니. 그런데 몇 마리씩이나 갑자기 우글대니까 너무 징그럽잖아 이거. 더 놀라운 사실은 이 숲 전체가 이런 식이라는 거지. 그제야 알았어. 이 숲의 이름의 의미를. '지렁이 밭'이라고 명명하는 게 더 나을 수도 있겠다. 하아.........

저쪽에서는 지렁이를 가득 모아놓고 주변부를 돌로 동그랗게 막아 돌렸어. 은결이는 라면이라 하고 준우는 짜장면이라 한다. 한 30마리는 돼 보이는 지렁이들이 꿈틀거리는 장면에 덩달아 나의 안면근육까지 꿈틀거린다. 규리가 양손 가득 흙을 퍼 와서 지렁이 짜장면 위에 양념이라며 부어주고 한음이가 나뭇가지로 뒤적거리며 요리를 완성한다. 으윽- 지렁이들이 고통에 몸부림치는 거 아니겠니. 민별이가 저도 해보겠다고 끼어들어 지렁이를 거칠게 다루니까 언니 오빠들이 따끔하게 으름장을 놓는다.

"야! 그렇게 하면 지렁이 죽어. 조심해."

거기다 대고 나는 목구멍까지 차오른 말을 차마 내뱉지 못하고 꿀꺽 삼켰어.

'규리야, 한음아.... 지렁이는.... 이미..... 너희들이....'

너희들의 신성한 놀이 앞에서 나의 표정은 한없이 경직되거나 때론 지렁이처럼 꿈틀거렸다. 아름답지 못해 미안하다. 오늘 제대로 36살 야호반 김도르 되나 싶었건만.

정원이는 계속해서 이쪽저쪽 땅을 헤치며 지렁이에게 세상의 빛을 선물하는 작업을 했다. 지렁이를 상하게 하지 않으려고 나름대로 섬세하고 조심스러운 손길이었어. 이를 태훈이와 민준이가 수거해서 길쭉하고 투명한 통에 가득 채웠다. 으악- 경악을 금치 못할 분업화다. 저쪽 비탈에서 5살 난 주원이가 제 얼굴만 한 돌을 공연히 들고 다니다가 여기 놓았다

저기 놓았다 한다. 작은 입을 앙다물고 제법 진지한 얼굴이
야. 제 발등이라도 찧을까 조마조마했지만 잠자코 지켜보기
로 했어. 역시나 이런 놀이에 익숙한 주원이는 스스로 조절하
는 법을 알더라고. 4살 난 윤해는 뱀딸기를 따 모으기에 열심
히 였지. 빨간 돌기가 무수히 박힌 뱀딸기를 작은 손에 소중
히 꼭 쥐고 내게 와서 엄중한 표정으로 말했어.

"도르, 뱀딸기는 먹으면 안 돼. 뱀이 먹는 거야. 알겠지?"

그래서 나는 고개를 끄덕이며 온순한 양처럼 대답했지.

"응. 알겠어. 먹지 않을게."

윤아는 땀을 뻘뻘 흘리며 개망초 꽃을 따기에 한창이었
다. 두어 개씩 따다가 작은 돌 위에 모아 두니까 꽃 케이크가
완성되었네. 근사해-. 작고 보드라운 손아귀, 야무지게 다문
입, 열중하는 얼굴들, 너무 사랑스럽다 즐거워 친구들.

개나리 선생님이 나들이 그만 끝내고 점심 먹으러 가자고
알린다. 제법 걷고 열심히 놀아서인지 도르도 배가 무지 고프
네. 얼른 가자. 맛있는 밥을 생각하니까 발걸음도 가볍다. 돌
아오는 길엔 이현이와 준우가 내 손을 가지고 아웅다웅 거리
는구나. 영광이다 꼬마들! 어린이집에 도착해서 손과 얼굴을

씻고 자리를 정리해서 앉았어. 삼삼오오 모여앉아 밥을 기다리는 동안 수저를 만지작거리며 끊임없이 수다를 떨고 깔깔대는 모습을 둘러본다. 도르는 괜히 웃음이 나서 혼자 피식- 피식- 웃는다. 은하수 선생님이 차례로 밥을 나누어 주시고 도르는 너희들 틈에서 코를 박고 허겁지겁 밥을 먹었어. 너무 맛있어서 고개를 들 틈조차 없지 뭐니. 배부르게 밥을 먹고 모두 자기 식판을 갖다 놓고 양치를 한다. 이제 자유놀이 시간. 소꿉놀이가 한판 벌어지고 한쪽에서는 종이 블록으로 도시가 만들어졌지. 책상에 둘러앉아 그림을 그리는 친구들도 있었어. 은하수가 음악을 틀고 정리시간을 알려주시네. 흩어진 종이 블록과 놀잇감을 함께 정리하고 낮잠에 들었다. 너희들을 재우다가 도르도 깜빡 잠이 들었던 거 있지. 오랜만의 산책과 놀이에 고단했나 봐.

오늘 숲 놀이하기 딱 좋은 6월의 날씨였지? 지렁이 숲에서 작은 것 하나 놓치지 않고 소중히 여기며 열중하는 얼굴들을 보며 도르는 나의 옛 시절을 만났다. 나뭇잎 하나, 지렁이 한 마리, 열매 한 개, 나뭇가지 하나, 돌 하나면 충분했던 그때의 시간들을 말이야. 청량한 공기와 축복처럼 쏟아지는 햇살이 새삼 감사하게 느껴지고 부드러운 바람에 머리칼이 두 볼을 간질이는 느낌도 잊지 못하겠다. 내게 즐거운 순간들을 선물해줘서 모두에게 고마워. 비록 지렁이 짜장면 대목에서 동심이 많이 일그러졌다만 그건 나의 의지대로 되는 부분이 아니기에 넓은 이해를 구한다. 일일 선생님으로서 너희들에게 도움이 되고자 함께 했는데 오히려 너희들에게 받기만 했던 하루였구나. 정원, 민준, 규리, 세은, 한음, 태훈, 한율, 민서, 준우, 은결, 주원, 서안, 이현, 민별, 윤아, 윤해. 즐거워 어린이집 친구들! 너희들은 알고 있을까. 우리가 너희를 키우는 것이 아니라 너희들이 진정 나를, 우리 부모들을 자라게 한다는 걸. 고마워!

즐거워 어린이집 야호방 김도르가

봄날의 팝콘

여전히 춥다.

3월에 들어섰는데도 아직 겨울의 기운은 가시지 않았다.

손꼽아 기다리던 아들의 어린이집 첫 등원이 3월 중순으로 미뤄져서일까.

딸아이를 어린이집에 보내고 아들과 도서관 가는 길에 반가운 꽃을 만났다.

내 몸과 마음처럼 바싹 마른 가지 위에 빛나는 얼굴을 수줍게 내밀었구나

엄마 : 와- 이것 봐. 너무 이쁘다. 꽃이 피었네.

아들 : 어디? 어디?

엄마 : 여기! 여기! 하얀 꽃이 뽕- 하고 올라왔지?

아들 : ....

엄마 : 팝콘 같은 꽃이 피었어.

아들 : .... 나 빱꼰 먹고 띠퍼-

엄마 : 그... 그래.

팝콘이 팡팡 터지는 본격적인 봄날이 되면 엄마는 길 한 가운데 누워있을 거야.

그리고 떨어지는 꽃잎팝콘들을 받아먹을 거야.

봄 햇볕이 얼굴을 간질일 테니 눈을 잔뜩 찌푸리고.

덩달아 잔뜩 못생긴 얼굴을 하고서.

큰 대자로 누워 입을 하아~~~ 한껏 벌리고.

달고 여린 하얀 꽃잎들을 날름날름 받아먹을 거야.

지나가는 사람들이 '저기 괜찮으세요?' 하고 흔들어 묻겠지.

'저기 저 미친년 좀 봐. 쯧쯔-' 하고 혀를 끌끌 차며 수군거리기도 할 테고.

아몰랑~ 아랑곳 하지 않고 엄만 참 행복할 거야.

달디 달겠네.

아주 따스하겠네.

너희 둘이 모두 어린이집에 가고 홀로된 봄날에.

아하. 아하하하하하하하.

육아에도 욜로가 필요하다

나 : 요즘 다들 욜로욜로 하는데 욜로가 대체 뭔데?

너 : 야, 몇 개월 만에 니 얼굴 보겠다고 서울에서 부산까지 온 친구한테 커피 한잔 들이키기도 전에 취조 하냐? 몰라 나도 그딴 거. 무슨 얘길 하고 싶은데?

나 : 어, 미안. 일단 커피 한잔 쭉 들이키시고.

너 : 옛날처럼 벌어서 모으고 절약하기보다는 현재를 즐기자는 건데. You Only Live Once 라나? 알지 나도 인생 한

번 사는 거. 근데 그게 말처럼 쉽냐. 현상유지하기도 버겁다
야.

나 : 오.... 싱글라이프도 그래? 서울라이프도 그래? 화려
한 싱글, 서울 여자 사람 입에서 그런 말이 나오다니 김빠지
는데 이거. 그냥.... 나만 지금 애 둘에 묶여 아무것도 못하고
있는 것 같아서 심통이 나는 거야. 나 빼고 세상 사람들 다 즐
기고 사는 것 같아서. 나 이런 주제 앞에서 안 그러려고 해도
이상하게 늘 격앙되더라고. 모냥 빠지게.

너 : 사람 사는 건 다 같지 않을까? 욜로욜로 하면서 미디
어에서 부추기고 한편에선 박탈감을 느끼고, 또 한편에선 카
드깡 해가며 형편에도 안 맞는 욜로라이프, 욜로족 운운하며
자기노출에 혈안이 되어 있어. 안타까운 현실이지.

나 : 맞아. 진짜 욜로는 굳이 욜로욜로 안 할 것 같아. 의
미는 빠지고 다들 보여주기에 혈안이 되어있구나. 그렇담 욜
로라는 게 꼭 무언가 소비하고 새로운 이벤트를 벌이는 것이
아니라 일상 속에서 또 내면에서도 찾을 수 있어야겠네. 그게

진짜 욜로 아니야?

　너 : 나도 그렇게 생각해. 그건 그렇고 요즘 너는 어때? 애기들은 잘 크고 있어?

　나 : 응 벌써 7살, 5살이다. 시간 빠르지? 아이들이 제법 커서 그런가 몸도 마음도 좀 편해졌어. 예전엔 육아서를 몇 권이나 쌓아두고 읽고, 또 읽고, 자책하고, 다시 결심하고, 스스로를 끊임없이 볶아댔는데.... 나의 육아가 옳은 것인지 확인하고 싶었어. 또 최선의 방법을 찾으려고 안간힘을 썼지. 그런 것도 다 부질없더라. 어떻게 매사 최선을 다하니? 그냥 하는 거지. 인간들이 다 개별적인데 책대로 될 리가 있나. 나도 아이들도 말이야.

　너 : 그래 너는 너대로 잘하고 있잖아. 난 네가 부럽다. 너 대단해. 미술심리치료센터에서 많은 엄마들과 아이들을 보는데, 난 세상 엄마들이 다 존경스러워.

　나 : 그래... 니가 직업이 직업이라 더 잘 알겠네. 고맙다.

이 인내와 고통을 인정해줘서. ㅋㅋㅋ 그런데 말야. 그 욜로라는 거 정작 육아에 필요한 말 같은데?

너 : 음... 그렇지. 나도 그렇게 생각해. 센터에서 만나는 문제 아이의 원인은 다 부모더라구. 아이는 아이대로 잘 크는데 부모의 지나친 관심과 걱정이 아이를 병들게 하더라고. 육아서에 난무하는 이상적인 지침들은 또 부모를 병들게 하지. 감정을 추스르고 아이를 대하고 여러 번 반복해서 말해주고 지적하지 말고 아이의 관심을 다른 쪽으로 유도하고 어쩌고 저쩌고... 엄마가 로봇이냐? 신선이냐? 그냥 다 내려놓고 엄마가 행복한 게 아이한테는 최고인 것 같아.

나 : 옳소. 나는 로봇이 아닙니다. 나는 신선이 아닙니다. 나는 뜨겁게 사랑하는 인간이고 격렬하게 미워하고 때론 미친 듯이 폭발하는 인간입니다. 아, 폭발할 때는 인간이 아닐 수도 있습니다.

너 : ㅋㅋㅋㅋㅋㅋㅋ 저기 아줌마. 목소리 좀 낮춰주실래요? 사람들이 다 우릴 쳐다보잖아. 정말이지 숨고 싶다.

나 : ㅋㅋㅋ 왜? 난 더 할 수 있어. 저는 욜로마미입니다. 다들 욜로욜로 하는데 그건 정작 육아에 필요한 삶의 태도란 말입니다. 아시겠습니까?

너 : ㅋㅋㅋㅋ 아, 이 아줌마 진짜.

나 : 굳이 욜로라는 표현을 쓴다면 나는 최근 들어서야 육아욜로를 실현하기 시작했어. 아직 미미하긴 하지만. 그동안 육아라는 게 유난히 버거웠는데 아이들도 많이 자랐고 나도 많이 부딪히면서 비워내고 내려놓게 되더라고. 지금 그냥... 아이들과의 시간을 귀하게 여기려고 해. 나는 나대로 내가 좋아하는 것, 내가 잘 할 수 있는 것을 조금씩 찾아 나가면서. 그래, 내가 행복해야 아이들이 행복하다는 너의 말에 100프로 동감.

너 : 응, 네가 아이들이 어릴 때랑은 달리 아주 안정돼 보여. 보기 좋다. 그리고 응원해.

나 : 고마워. 서울 여자!

너 : 뭘, 욜로 아줌마!

패션 단절자

애 엄마도 옷은 좀 사야 하지 않겠냐! 아무도 말리는 이 없었는데 마음속으로 큰소리를 외치며 백화점으로 향했다. 8개월 된 아기를 유모차에 태우고 지하철을 탔다. 유모차 아래 바구니에 필수품인 아기띠를 돌돌 말아 넣고 자루같이 커다란 가방엔 쌀과자, 아기 물통, 기저귀 듬뿍, 이유식 한 통, 물티슈, 아기 여벌 옷 등을 가득 쑤셔 넣고 유모차 손잡이에 걸었다. 만반의 준비를 하고서 비장하게 출발한다. 무사히 백화점에 도착했고 일단 여유롭게 스캔부터 시작한다. 옷도 사 본 놈이 잘 산다고 했던가. 사실 너무 오랜만이라 눈에 잘 들어오지 않았다. 나는 육아의 중심에 있었고 뷰티 트렌드의 뒤

안길에 있었으므로. 아기는 유모차에서 다리를 까딱거리며 기분 좋게 앉아 있다. 고맙다 아가야. 중간중간 쌀과자를 쥐여 주면 또 그런대로 잘 놀았다. 어쩌다 겨우 입어보고 싶은 옷을 하나 발견했는데 잘 놀던 아기가 울고 보채기 시작한 건 그때부터다. 백화점 내 모든 행인의 따가운 시선이 나를 향해 꽂히는 것만 같다. 아기띠를 꺼내서 허겁지겁 허리에 차고 들쳐 업는다. 판매원에게 미안하다는 눈인사를 하고 빠르게 유모차를 돌려 매장을 박차고 나온다.

아기가 어디가 불편했을까? 수유실 가서 젖을 먹이고 기저귀 갈아준다. 수유실 한쪽에 전자레인지에서 이유식을 살짝 데우고 자리를 잡아 이유식을 먹인다. 방실방실 웃으며 잘도 받아먹는 걸 보니 너 배가 고팠구나? 그럼 우리 딸, 맛있게 먹었으니 이제 엄마 다시 쇼핑 좀 하러 갈까나. 다시 옷을 한번 입어보려고 하는데 또 아기가 울어댄다. 업고 달래보아도 상황은 나아지지 않는다. 갑자기 피로가 밀려오고 김이 확 새버린다. 오랜만에 집 밖을 돌아다닌다는 것 자체가 힘든 일일 테다. 홀몸 가벼이 자유롭게 활보하던 시절과는 천지 차이지. 그래... 내 주제에 뭘 사 입겠니. 생활비도 모자라는 판에 입

고 나갈 데가 어디 있다고, 멋 내고 나가 봤자 또 아기띠 신세
인걸. 집에나 가자. 터덜터덜 지하철을 향한다. 하아... 오늘
의 쇼핑 망.

　집으로 돌아오는 길에 아기는 유모차에서 곤히 주무신
다. 엄마의 쇼핑을 허락하지 않는 우리 따님. 얄미운 너를 보
고 있자니 금세 또 내 입꼬리가 씩 올라간다. 아, 예뻐- 이런
너를 보고 어찌 미소 짓지 않을 수 있을까. 정거장에 지하철
문이 열리고 왁자지껄 20대 아가씨 세 명이 지하철을 탄다.
소란스러운 가운데 말투가 고운 것이 해운대로 관광을 온 서
울 아가씨들이네. 하나같이 여리여리한 몸매다. 몸매가 드러
나는 딱 붙는 청바지와 면 티셔츠에 하이힐을 신었다. 옆에
친구는 짧은 치마에다 하얀 스니커즈를 신었고 다른 친구는
베이지색의 내추럴한 원피스에 머리에다 귀여운 모자를 얹
었다. 다들 예쁘다. 입을 헬쭉 벌리고 엄마 미소를 짓다가 고
개를 들어 지하철 문짝에 비친 내 모습에 화들짝 놀란다. 아
이구 무서워라. 이마선을 따라 짧은 머리카락들이 무섭게 고
개를 치켜들고 있다. 출산 후 탈모가 끝나고 새 머리카락들이
올라오고 있는 것이다. 아하, 삐죽삐죽한 도깨비 꼴을 하고

백화점을 당당히 확보했구나. 네... 이 도깨비는 허탕을 치고 집으로 돌아갑니다.

사실 나 예전엔 한 패션 하는 여자였다. 대학교 3학년 하반기가 되어서 패션디자인으로 전공을 바꿔야 하나 고민할 정도로 패션과 사랑에 빠질 적도 있었다. 장식이 배제된 간결한 디자인과 블랙이나 그레이의 절제된 컬러가 좋았다. 블랙과 그레이에도 수많은 톤이 존재하고 그것을 가지고 따뜻함과 차가움까지 표현할 수 있다는 사실이 흥미로웠다. 전공이 공간디자인이라 공간에 대한 공부를 주로 했지만 그 당시의 나는 옷에서 보이는 공간이 더 흥미로웠다. 잘 만들어진 옷에는 반드시 공간감이 드러나기 마련이다. 신체와 신체 사이에 존재하고 신체의 움직임 사이에 존재했다. 공간은 움직임에 따라 유연하게 흐르고 잡혔다가 사라지기도 했다. 눈에 바로 들어오는 화려함보다 보면 볼수록 드러나고, 입으면 입을수록 느껴지는 아름다움을 동경했다. 그래, 그런 패션을 하고 그런 애티튜드를 지닌 사람이 되고자 했는데. 모노톤의 절제된 수트를 아래위로 갖춰 입고, 모던하고 날렵한 하이힐을 신고, 머리는 무심하게 걷어 올려 포니테일하고, 멋지게 일하는 엄마_____ 딸.
엄마도 자라고 있어

여성이 될 줄 알았다. 시크한 도시 여성으로 살 줄 알았다.

　지금의 나는 어떤가. 목이 다 늘어난 면 티셔츠에 레깅스를 아무렇게나 받쳐 입고 아웃도어 여름 샌들을 끼워 신었다. 머리는 무심하다 못해 초라하게 걷어 올렸다. 하루에도 하수구 구멍을 까맣게 막을 만큼 머리가 빠지는 바람에 머리숱이 헐빈하다. 어깨와 가슴팍에는 아기의 침과 토사물이 말라붙어서 희끗하다. 조금만 묻어도 호들갑을 떨며 새 옷으로 갈아입던 시절과는 달리 그냥 내버려 두는 쪽을 택한다. 그것들에 쏟을 여력이 없다. 간혹 예의를 차려야 할 때 옷에 허연 티가 묻으면 한쪽 구석에 돌아서서 침을 살짝 묻혀서 비벼대면 그만이다. 이제 이런 경지의 애 엄마가 되었을 뿐.

　결혼을 하고 이 도시에 내려와 정착하고 아이를 낳았다. 아기와 온종일 눈 맞추고, 입 맞추고, 함께 먹고, 달콤하게 낮잠 자고, 책을 읽고, 외계 언어로 이야기하고, 온갖 풀꽃 나무 곤충들과 강아지를 살피며 산책하고, 따뜻하게 목욕하고, 둘이서 눈 빠지게 아빠를 기다린다. 일과 내내 아기와 전적으로 소통하게 되면서 그 외의 모든 것을 잃었다. 단절된 것이다.

20대를 보낸 서울과 단절되었고, 시원한 캔맥주와 단절되었고, 제대로 된 한 끼 식사와 단절되었고, 나의 취향과 단절되었고, 나의 청춘인 옛 친구들과 단절되었고, 나의 패션과 단절되었다.

"지금 내리실 역은 중동역 중동역입니다."

아, 중동역! 잡생각을 하다가 내릴 역을 지나칠 뻔했다. 큰일 날 뻔했지. 사람 네다섯 명분의 자리를 차지하는 유모차를 몰고 어르신들 틈에 끼어 엘리베이터를 겨우 잡아타는 것. 다시 건너편으로 가서 눈칫밥 엘리베이터를 어렵게 잡아타고 한 정거장 다시 돌아오는 그런 거추장스러운 일은 생각하기조차 싫다. 때마침 정신을 차려서 천만다행이다. 엘리베이터를 타고 중동역 지하철 역사 바깥으로 나왔다. 제법 선선한 게 가을이 깊어졌다. 이제 아기와 함께 긴 겨울을 버티게 되겠구나. 아기가 자라서 아기띠를 벗어던질 때가 오면 잃었던 나의 취향이 다시 돌아오려나. 아기랑 손잡고 나란히 걸을 때가 되면 나의 패션도 새봄처럼 다시 돋아나려나. 패션 피플인 듯 살았던 지난날도 앞으로의 패션에 대한 희망도 다 꿈만 같다. 나는 그냥 애 엄마다.

허물벗기와 성장통

첫 아이가 태어나고 생후 3주와 6주에 내가 감당할 수 없는 일들이 일어났다. 조그맣고 천사 같은 아기가 밤새 용을 쓰기 시작했다. 신생아 폭풍 성장기라 일컫는 영아 성장통이 시작된 것이다. 아기는 야무지게 싸매놓은 신생아 속싸개가 다 풀어헤쳐 지도록 주리를 뒤틀며 영감이 탄식하는 듯한 신음을 내뱉었다. 배시시 베넷 웃음을 지어댔던 귀여운 얼굴은 온데간데없고 고통에 잔뜩 일그러진 얼굴이다. 아기를 어떻게 해줘야 할지 몰라서 안았다가 눕혔다가 젖을 물려보지만 젖도 거부하고 끙끙 앓으면서 빽 하고 울어댄다. 초보 엄마인 나로서는 이런 현상이 정상인지 어떤 큰 문제라도 있는 것인

지 어찌할 바를 모르고 동동거리기 일쑤였다. 아기의 작은 몸
짓 하나에도 어찌할 바를 모르고 한껏 예민해지자 남편이 조
심스럽게 자신의 어릴 적 이야기를 들려주었다. 외갓집에서
누에를 먹였는데 누에의 일생과 자신의 실수를 담담히 쏟아
내는 그의 고백을 듣고 괜스레 눈물이 났다.

　아홉 살 난 소년이 가장 좋아하는 것은 누에 먹이는 방에
서 시간을 보내는 것이었다. 가만히 앉아서 귀 기울이면 보
드라운 봄비의 소리가 끊이질 않는다. 수많은 누에가 뽕잎을
갉아 먹는 소리다. 소년은 누에에 관해서라면 누구보다 자신
이 있었다. 알에서 깨어난 3mm 크기의 누에를 개미누에라
하고 사람처럼 태어나자마자 1살로 쳐서 1령 누에라고도 한
다. 개미누에는 잘게 썰어 준 뽕잎을 몇 날 며칠씩이나 배불
리 먹고 깊은 잠을 잔다. 그렇게 깨어난 누에를 2령 누에라고
한다. 다른 곤충들과 마찬가지로 누에도 몸이 커지려면 허물
을 벗어야 한다. 피부가 늘어나지 않기 때문에 탈피는 성장
을 위한 필수과정이다. 몸을 움츠렸다 폈다를 여러 번 반복하
는 과정에서 발생하는 압력을 이용해 허물을 벗는다. 마지막
으로 얼굴을 덮고 있는 가면까지 벗어 던진 후 새로운 모습으

로 태어난다. 이 과정을 4번 거치고 난 누에를 5령 누에라 하며 8cm의 손가락 굵기로 자란다. 거듭되는 허물벗기를 통해 개미누에 일 때 보다 만 배가 커진 셈이다. 5령이 된 누에는 뽕잎을 먹는 것을 멈추고 60시간에 걸쳐 고치를 짓기 시작한다. 1,200~1,500m의 실로 만들어진 고치는 누에에게 부드럽고 강력한 갑옷이 되어줄 것이다. 고치를 지은 후 약 70시간이 지나면 고치 속에서 번데기가 되며, 그 후 12~16일이 지나면 고치와 번데기를 뚫고 나와 나방이 된다.

외할머니가 지어주신 아침밥을 먹은 후 소년은 곧장 건넛방에 누에를 보러 갔다. 부드러운 실타래 모양을 한 누에고치를 가만히 보고 있자니 아주 놀라운 장면을 만나고 말았다. 누에고치가 요동치며 흔들리더니 바늘구멍 크기의 작은 구멍 사이로 무언가 꿈틀거리는 것을 발견했다. 아, 나방이 나오려는 가보다. 숨을 죽이고 들여다보니 고치의 구멍이 점점 커지고 그 안에 번데기가 보인다. 번데기를 뚫고 나방이 나오려고 한다. 누에는 아주 천천히 그 과정을 진행했고 소년의 눈에 그것은 매우 힘겹게 보였다. 보고만 있을 수 없었던 소년은 나방의 허물벗기를 도와주겠다고 결심한다. 외할머니의 커터

칼을 가지고 와서 고치 하나를 조심스레 찢어 주었다. 나방의 젖은 몸이 순식간에 공기 중에 노출되었다. 두 개의 고치를 더 도와주었고 다른 놈들도 제힘으로 한두 마리씩 차례로 허물을 벗어나고 있었다. 갓 허물을 벗어난 나방은 젖은 날개를 말리기 위해 주변을 천천히 맴돈다. 날개의 빛깔이 점차 선명해지고 곧바로 저마다의 짝을 찾아서 태어나자마자 생의 임무를 다할 준비를 하고 있다. 그런데 소년의 도움을 받은 놈 세 마리 모두가 어쩐지 상태가 좋지 않다. 몸이 제대로 마르지도 않고 날개도 제 빛깔을 내지 못해 희미한 것이 영 비실비실거린다. 소년이 힘내라고 손으로 톡톡 토닥여 주었지만 얼마 안 가서 세 놈은 차례대로 죽어 버렸다.

누에처럼 우리 아기도 한 번에 쉽게 되는 것이 없었다. 엄마와 아빠는 병원 출산을 하지 않고 의료개입이 없는 자연적인 출산을 선택했다. 아기를 만나는 날 통증을 참지 못하고 조산원에 갔더니 자궁문이 이미 70퍼센트는 열린 상태라고 했다. 이 지경이 되도록 참았냐고 조산사 선생님이 야단을 치셨다. 자궁문만 열렸을 뿐 아기는 내 좁은 산도를 내려오지 못하고 자궁 깊숙이 머무르고 있었다. 힘을 주어서 아기를 밀어내려고 했더니 이번엔 나의 몹쓸 복근이 문제였다. 조산사 선생님이 혀를 끌끌 차셨다. 아기를 낳기에 유리한 체형은 따로 있다더니 우리 아기는 그런 모체를 만나지 못했다. 병원에서 낳았다면 바로 수술감이고 그 덕에 아기도 쉽게 태어났을 테지만 우리 아기는 달랐다. 그로부터 7시간의 진통을 더 겪어 내고 아기가 세상의 빛을 보았다. 저도 어지간히 용을 썼는지 뱃속에서 태변을 보았다. 산도에 오래 머물렀던 관계로 두상이 콘헤드처럼 길쭉했고 미간 사이 진한 주름이 잡혀있었다. 출산 후 젖은 바로 돌지 않았다. 그다음 날도, 그다음 날도 마찬가지였다. 여자 아기라 그런지 빠는 힘이 약한 데다 가슴이 작게 올라붙어서 아기가 젖을 빠는 자세 잡기부터 쉽지 않았다. 배가 고픈지 아기가 계속해서 보채고 울었다. 젖꼭지가 다 짓무름에 고통스러웠고, 젖을 내지 못하는 스스로가 원망스러워 나도 함께 울었다.

초저녁이면 찾아오는 공포의 영아 산통도 빼놓을 수 없다. 저녁 8시경부터 아기가 이유 없이 자지러지게 운다. 벌겋게 달아올라 두 시간을 내리 울어버리는 통에 몸조리도 끝나지 않아 시큰거리는 손목과 무릎으로 아기를 안고 쩔쩔매는 나날들이 계속되었다. 장이 아직 성숙하지 못해 배에 가스가 차고 아파서 우는 현상이라고 했다. 육아서에서 안내하는 방법대로 내 다리에 비스듬히 눕혀 두고 배에 동그라미를 마사지 해보았다. 10여 분을 그러고 있으니 거짓말처럼 울음을 뚝 그치더니 엄청난 양의 똥을 쌌다. 아, 이제 살았구나. 했지만 영아 산통은 매일 밤마다 계속되었고 그 신통한 방법은 더 이상 효과를 보이지 않았다. 눈앞이 캄캄해지는 일들이 연속해서 일어났다. 끝도 없는 터널 속을 헤매는 느낌이었다. 이 암흑기가 언제까지 계속될지 몰라서 어느 날은 아기를 안은 채로 "아-아-아- 나도 힘들어 아기야!" 하고 소리치며 목 놓아 울어버렸다.

우리 아기만의 특별한 이야기가 아니고 모든 신생아들이 겪는 성장통이다. 남편의 어릴 적 누에고치 이야기를 들으며 세상 모든 생명의 살아남기란 이리도 치열한 인내와 고통을 동반한다는 사실을 깨달았다. 따뜻하고 보드라운 양수 속에서 태반을 통해 부드럽게 흡수하고 자연스럽게 배설하다가 세상에 나와 모체와 분리된 채로 하나의 개체로 살아남기가 이렇게나 고된 것인가 보다. 우리의 작은 딸, 살아낸다고 고

생이 많았다. 이 아이의 허물벗기를 앞으로도 응원할 것이다. 육아의 인고 또한 어미 된 자로서 피해갈 수 없는 성장통이자 반복되는 허물벗기겠지. 아니 어쩌면 인간의 생의 때때가 다 허물벗기 일지도 모른다. 거스를 수 없는 자연의 섭리를 겸허히 받아들이는 수밖에.

태화강에서 엄마란

울산 태화강변에 양귀비꽃이 잔뜩 피었다. 4월의 적당한 온기를 품은 부드러운 바람에 선홍빛 얼굴들이 하늘하늘 우아한 춤을 춘다. 주먹만 한 얼굴의 크기가 제법 큼지막한 데 비하여 꽃대가 가늘어 깨질 듯이 여리다. 그럼에도 어쩜 이리 강렬하고 당당한 빛을 뿜어낼까. 넌 내 딸을 닮았구나. 아이는 태화강에 도착하자마자 강아지처럼 신명을 주체하지 못하고 여기저기 뛰어다닌다. 갑자기 양귀비꽃에 시선이 머무르더니 걸음을 멈추고 말을 잇지 못했다. 얼굴이 사색이 되어서. 그림책『오즈의 마법사』에서 도로시와 친구들이 양귀비꽃의 향기에 취해 쓰러져 고생한 이야기가 떠오른 것이다. 사랑스럽긴. 조용히 다가가서 귓가에 속삭여 주었다.

"괜찮아. 양귀비꽃이 우리 몸보다 훨씬 작아서 우린 무사할 거야. 걱정 마."

아이는 고개를 한번 끄덕이더니 얼굴을 활짝 펴고 다시 본연의 똥강아지가 되어 꽃밭을 누빈다. 6살의 몸뚱이는 아직 완전히 지상에 무게감 있게 뿌리 내리지 못했는지 뛰는 모양새가 양귀비꽃 마냥 하늘하늘 거린다. 하얀 드레스와 연분홍색 카디건이 골고루 거뭇거뭇한 잿빛이 되도록 말이다. 하늘하늘-

이렇듯 너를 읊으면 시가 된다. 여리고 사랑스러운 아이. 양귀비꽃같이 빛나는 아이를 보며 며칠 전 부끄러운 내 모습이 떠오른다. 나는 이 귀한 존재 앞에서 때론 괴물이 되고 성난 야수가 된다. 아직 보드라운 미완의 존재라는 걸 알면서도 어떤 순간엔 아이를, 나를, 그 공간과 시간 모두를, 다 파괴하고 싶을 정도의 쓰나미 같은 분노가 인다. 폭풍 같은 화가 휩쓸고 지나가면 온 얼굴이 눈물과 콧물로 뒤범벅되고, 탁하게 가라앉은 자괴감만이 침전물로 남는다. 나는 매번 나에게 화를 내고 있는지도 모르겠다.

　　인생은 수련의 연속인가보다. 운동도, 식이조절도, 내가 가질 수 있는 모든 욕구를 조절해 가며 평생을 꾸준히 수련하듯 일상을 대해야 한다는 것을 실감하는데. 몇 년째 엄마로서의 수련은 자의도 타의도 아니며 그저 그냥 눈만 뜨고 일어나면 자동 재생되고 그것이 매일이고, 일상이고, 나 자체인데도, 이게 참 어렵다. 무지 무지 무지 어렵다. 진정 너그럽고 여유로운 사람이 되길 원한다. 무엇보다 너그러운 엄마가 되길 원한다. 태화강의 양귀비꽃처럼 빛나는 아이를 귀하게 대하겠다고 다짐한다. 수련도 수련 나름인데 말이지. 참 어렵다. 엄마.

외할매가 돌아가셨다

외할머니가 중환자실에 들어가신 지 닷새째라고 한다. 아흔한 살의 연세로 귀가 어두운 것만 빼면 정정하셨다. 나는 아직도 이해할 수 없는 복잡한 규칙으로 화투놀이를 즐기시고, 일 년에 몇 번이나 되는 제사준비는 장 보는 것부터 직접 다 하실 정도였다. 그런데 갑자기 쓰러지셨고 뇌의 중요한 부분이 손상되어서 마음의 준비를 해야 하는 단계라고 한다. 아기를 들쳐 업고 이유식을 만드는 중에 갑작스러운 아빠의 전화에 순간 뜨거운 것이 왈칵 올라와서 말문이 막혔다. 당장에 엄마 생각부터 났다.

'아... 우리 엄마 마음 아파서 어쩌나. 엄마가 엄마를 잃는

구나.'

　중환자실에 들어가신 지 삼 일만에 정신이 돌아와서 하루 정도 일상적인 대화가 가능하셨다. 외할머니 병상을 아침저녁으로 들여다보는 넷째 딸 순자, 우리 엄마에게 할매가 말씀하셨다고 한다.

　"야야- 내 집 냉장고에 토란국이 한 냄비 있는데... 그거니 갖다 무라. 냉동실에 보마, 깔치 세 동가리도 갖다 무라이. 니가 일한다고 바쁜께, 오데 물 끼나 지대로 챙기 묵나."

　전화기 너머로 엄마를 통해 할매의 말을 전해 들으며 잔뜩 머금고 있던 눈물과 웃음이 동시에 팡- 하고 터졌다. 그리고 그 후로 눈물이 멈추지 않았다. 아이고 할매야... 이 와중에도 그저 나이 오십 넘은 자식의 먹을 걱정이다. 못말리는 우리 할머니는 아침에 그 당부를 하시고 저녁에 다시 들린 엄마에게 확인까지 하셨다.

　"순자야, 국하고 깔치 갖다 뭇나?"

　우리 엄마는 또 당당히 거짓말을 한다.

　"응, 엄마. 윽수로 맛있대. 잘 먹었으예."

　그것이 우리 엄마의 엄마와의 마지막 대화다. 할매는 이틀째 깊은 잠에 계신다.

참 이상하지. 할머니의 소식을 전해 듣기 전부터 요 며칠 외할머니 생각이 자꾸 나면서 옛 장면들이 생생하게 떠오르 더니만. 내가 대여섯 살이나 되었을까. 할매가 촌집 마당 빨 랫줄에 곱게 깎아 둔 감을 널어 곶감을 만드는 모습을 대청마 루에 앉아 바라보고 있다. 우리 할매의 가을 행사. 이어서 할머니가 마당의 작은 우물에서 물을 길어다 방망이질을 해 빨래를 하는 모습을 가만히 지켜본다. 그것들을 짜서 마당의 빨랫줄에 척척 널어놓고는 내 손을 꼭 잡고 집에서 멀지 않 은 시장에 들렀다. 곽에 든 조미김과 계란을 한 판 사셨다. 낱 개 포장된 조미김은 어린 내가 보기에도 매우 귀한 반찬이 분 명했는데 그것은 오직 나를 위한 것이었다. 저녁을 차려 먹은 후 어둑어둑할 무렵 할머니는 진작에 말려 놓은 곶감을 몇 개 내어 주셨다. 그것을 씹으며 무슨 내용인지도, 무슨 재미인지 도 모를 낡은 티비를 응시했다. 불을 끄고 깜깜한 방안에 사 각으로 친 모기장 안에서 잠에 들지 못하고 뒤척거리다가 벌 떡 일어나 할머니에게 디스코 춤을 추어드렸다. 할머니는 앉 은 채로 들썩들썩 장단을 맞추시다가 힘들다며 오래 못하게 나를 말리신다. 나는 춤에 흥미가 있거나 소질이 있는 편이 아니었고 사실은 그다지 즐겁지 않았다. 다만 할머니를 기쁘게 해드려야 할 것만 같았다.

아침이 밝아 작은 쪽문 너머의 옛날식 부엌에서 나는 달그락거리는 소리와 구수한 밥 냄새에 부스스 눈을 뜬다. 무릎을 대고 네발로 기어서 쪽문에 빼꼼히 아침 인사를 한다.

"할머니-."

"오야, 일났나. 내 새끼."

자글자글한 할머니의 얼굴이 활짝 일그러진다. 오늘의 반찬은 계란찜이다. 오목한 스텐 그릇에다 계란을 풀고 조선간장으로 짭조름하게 간을 잡은 다음 전기밥솥에 밥과 같이 쪄내는 우리 외할매식 계란찜. 밥이 다 되고 계란찜 그릇부터 꺼내 밥상에 올리고 나면, 하얀 쌀밥은 그 부분만 옴폭 꺼져 있었다. 밥주걱으로 얼른 고슬고슬 밥알이 살아나도록 잘 뒤적여 준 다음 밥공기에 밥을 퍼낸다. 내 꺼 먼저, 그 다음은 할머니 꺼. 곧 계란찜과 물김치와 어제 시장에서 산 조미김으로 할머니와 나의 아침상이 차려졌다. 김이 참 맛있는데 할머니는 어쩐지 물김치만 드시는 둥 마는 둥. 내 입만 쳐다보면서 김에다 밥을 싸서 끊길 새 없이 쏙쏙 넣어 주신다.

낮엔 5분 거리의 이모부네 세탁소에서 시간을 보냈다. 채널을 한참이나 돌려도 작고 낡은 텔레비전에서 내가 좋아하는 만화는 나오지 않았다. 세탁소에 딸린 작은 쪽방에서 이모부의 동네 친구들이 모여 자욱하게 담배 연기를 뿜어대며 떠들썩하게 화투를 친다. 천장에 빽빽하게 매달린 세탁물 아랫단을 머리털이 북슬북슬해지도록 정수리로 다 쓸고 다닌다. 세탁물의 길이가 달라서 나름대로 재미난 미로 같은 것이었지만 몇 번 하고 나면 금세 시큰둥해진다. 하루가 무척 길다.

할매를 마지막으로 본 것은 그해 3월, 남편이 출장을 가고 아기와 친정에 일주일을 머무를 때였다. 엄마와 나, 내 딸까지 세 모녀가 할머니를 뵈러 가는 길 내내 기분이 묘했다. 할매 대접한다고 어시장에 들러서 모듬회와 멍게를 포장했다. 그달 생활비도 얼마 남지 않았지만 이상하게 할머니를 위해 내가 계산하고 싶은 날이었다. 할머니는 세 모녀를 주름이 자글자글하게 깊이 패도록 반갑게 맞아주셨다. 할매는 분명 웃고 있는데 쪼글쪼글하고 깊은 눈이 왜 자꾸만 젖어 나는

것 같은지 모르겠다. 그 축축한 눈으로 젖을 물리고 있는 나
와 아기를 번갈아 보신다. 아기 손을 한번 만졌다가 내 팔목
을 한번 만졌다가 하면서 중얼거리신다.

"아이고... 우리 정아가. 이래 약한데, 아를 다 낳았노. 니
업고 다닐 때가 엊그제 같은데. 아이고... 아이고..."

엄마가 후다닥 상을 차려 내왔다. 입맛이 도는지 할머니
가 맛있게 잡수시는 모습이 뭉클하고 뿌듯했다. 집으로 돌아
와서 퇴근하신 아빠께 말씀드렸다.

"할매가 엄청 맛있게 잡수셨는데, 회보다는 멍게를 유독
좋아하시더라."

"그래? 음....."

별스러운 말도 아닌데 아빠가 깊이 새기고 있다. 다음번
엔 장모 좋아하시는 멍게를 꼭 사 들고 가시겠거니. 그렇지만
이제 그런 일은 일어나지 않을 것이다.

할머니에 대한 추억을 되짚어보다가 나는 어느새 어리고
불안했던 작고 약한 나에게 시선이 머무른다. 따뜻하고 인자
한 할머니, 정신없이 바빴던 엄마, 팽배한 불안감에 어찌할
바를 몰랐던 유약하고 어린 나. 부족할 것 없이 대해주시는

할머니 곁에서도 나는 어딘가 모르게 불안했고 집으로 가고
싶은 마음이 굴뚝같았다. 내가 집을 떠나 무슨 이유로 할머니
집에서 몇 밤을 자야 하는지도 알 수 없었고, 언제쯤 엄마가
있는 집에 돌아갈 수 있는지도 알 수 없었다. 궁금하고 불안
했지만 그 누구에게도 떼를 쓰거나 표현하지 않았다. 그때의
나는 왜 그랬을까. 할머니가 위중하신 이 마당에, 슬픔에 빠
져 엄마를 보내 드릴 준비를 하는 엄마를 앞에 두고, 나의 시
선은 나를 향하고 있다. 지금의 나는 왜 이러고 있을까. 참 나
쁜 년 인가보다.

전화벨이 울린다. 아빠의 전화다.

"여보세요."

"외할머니가 돌아가셨다."

"………………"

망연자실해 앉아있는 내가 어딘가 불안한지 아기가 나를
타고 올라서 내 얼굴을 가만히 어루만진다. 아기의 까만 눈에
시선이 닿자 그만 엉엉- 울어버렸다. 곧 영문도 모르고 아기
가 으앙- 따라 운다. 한 세기를 조금 못 채운 한 생애가 이렇
게 끝나고, 여기 내 눈앞에 갓 돌이 된 새로운 생이 무섭게 차

오르고 있다. 할매, 엄마, 나, 나의 작은 딸, 4대로 이어진 모녀 사이에서 오랜 내 기억과 감정들과 오만가지 생각들이 미친 듯이 널뛰고 있다. 외할매가 돌아가셨다.

괴물 엄마

아침부터 큰아이가 심상치 않다. 잠에서 깨어나고도 한참이나 이불속에서 꿈지럭거리다 아침 먹으라는 소리에 겨우 일어나 앉는다. 밥은 먹는 둥 마는 둥 하고 침대로 다시 들어가 뒹굴뒹굴한다. 딱히 몸이 아픈 것 같지는 않았지만 넌지시 물으니 오늘은 피곤해서 어린이집을 쉬고 싶다고 한다. 이어서 둘째 아이가 앵무새처럼 자기도 피곤하니까 오늘은 하루 쉬겠다고 말한다. 쉽게 대답할 수 있는 문제가 아니다. 나 역시 요 며칠 잠을 푹 자지 못해 몸살기가 있었다. 아이들이 등원하고 나면 확보되는 나만의 시간과 몸의 회복을 택할 것인가. 아이들의 휴식을 보장하며 응석을 받아 줄 것인가. 혼자

만의 시간이 필요하지만 아이들의 이 정도 요구는 들어줘야
할 것 같아서 그럼 오늘은 집에서 쉬자고 대답했다. 자기들도
피곤하고 가기 싫은 날이 있을 테니 오늘은 셋이 집에서 빈둥
빈둥해보지 뭐, 싶었다. 주말에만 허락되는 달콤한 TV 시청
도 한 시간 하고 기분 좋게 요구르트와 과자도 나눠 먹었다.
그러고 나서부터 두 녀석이 주리를 빌빌 틀기 시작한다. 시계
는 아직 11시도 채 되지 않았는데, 이거 하루가 무척 길 것 같
은 예감이 든다. 역시나 내 눈치를 슬슬 살피던 큰아이는 말
한다.

"엄마…. 나… 어디 재미난 곳에 가고 싶어. 친구들도 만
나고 싶어."

둘째 아이가 녹음기처럼 따라 읊는다.

"나도 재미난 곳에 가고 띠퍼. 친구들도 만나고 띠퍼."

그래… 올 것이 왔구나. 예상은 했지만 이런 상황에 맞닥
뜨릴 때마다 화가 치민다.

"…………. 아니, 친구들은 다 어린이집에 모여서 숲에
나들이를 갔지. 오늘은 우리끼리 집에서 놀아야지 별수 있
니."

"집은 재미가 없어. 심심해."

"너는 오늘 분명 집에서 쉬겠다고 하지 않았니?"

내 목소리가 커지고 있다. 내 눈에 힘이 들어가고 있다. 그에 따라 아이의 입꼬리가 내려가고 두 눈이 촉촉하게 차오른다. 몸을 비비 꼬면서 자신의 뜻을 관철하기 위한 몸짓을 시작한다.

"싫어..... 심심하단 말야. 가고 싶어."

"나도 시어....... 가고 띠퍼"

분노가 버럭 입 밖으로 터져 나온다.

"어디? 어딜 가고 싶은데 ?

"바다에...."

"나도 바다에..."

한숨이 절로 난다.

"휴................................"

이를 어째야 하나 하며 시계를 슬쩍 봤더니 곧 있으면 점심시간이다. 지금 외출을 나갔다가 얼마 있지 않아 두 녀석 배고프다고 징징댈 테고 뭐라도 먹여야 하는데. 6살, 4살, 두 아이를 데리고 혼자 아무 식당에 가서 외식을 하기엔 상당한 부담감이 있다. 메뉴를 두 개 시키기엔 많고 하나를 시키기엔 눈치가 보인다. 앞접시와 포크를 따로 요청하고 물을 엎지르거나 국물을 쏟아서 티슈를 마구 뽑아 쓰고 행주를 또 부탁하는 일의 수순이 빤하게 그려진다. 혼자 두 아이를 데리고 하는 외식은 불가능이다. 그뿐인가. 2월의 시린 바닷바람과 따가운 모래 세례를 떠 올려보니 답이 안 나온다. 그렇다고 이런 기분, 이런 상태로 집에 온종일 셋이 부대낄 것을 생각하니 더더욱 답이 안 나온다. 내 몸살 기운 따위는 잊은 지 오래다. 나는 도대체 무엇 때문에 아침부터 아이의 응석에 동의했는가. 그리고 이 아이들은 도대체 왜 집에 가만히 있지 못하는 것일까. 늘 무언가 새로운 이벤트를 원하고 요구한다. 내가 채워주지 못하는 허전함이 그만큼이나 큰 것인가. 내가 뭘 잘못했을까. 나는 나의 종지만 한 그릇으로 최선을 다할 뿐인데. 짧은 시간 내에 별의별 생각이 꼬리에 꼬리를 문다. 하아.... 다시 슬슬 짜증이 치밀어 오른다. 화가 난다. 화가 난다. 그리고 했던 말을 반복한다.

"너 피곤하다고 집에서 하루 쉬겠다고 하지 않았니? 재미난 곳을 가고 싶고 친구와 놀고 싶으면 오늘 등원을 했어야지. 응? 이게 뭐야!"

"싫어........"

"그냥 오늘은 집에 있어!"

"싫어... 나갈래..."

"……………………………"

무거운 몸과 마음을 일으켜 세우고 결정을 내린다. 거친 손길로 서랍을 열어 아이들의 옷가지를 찾아내어 주고 주섬주섬 큰 가방에 물티슈, 물, 여벌 옷 따위를 쑤셔 넣고 나갈 채비를 한다.

"나가고 싶음 얼른 준비해!"

굳은 표정으로, 거친 몸짓으로, 독하게 쏘아붙이고 만다. 이건 말이 아니다. 독이다. 화를 낼수록 화가 나고 이는 좀처럼 가라앉지 않고 뒤섞여 진흙탕이 되어버린다. 내 이렇게 될 줄 알았지. 건강한 아이들에게 휴식이란 가당치 않은 소리다. 그것이 아이들의 본성이니까. 경직된 몸짓으로 옷을 갈아입는 아이를 바라본다. 찰랑찰랑거리는 큰아이의 두 눈에 시선이 닿는다. 아무 데나 쏘아대던 독화살이 그 눈에 반사되어 내게 돌아와 꽂힌다. 휴.... 나는 왜 이 모양일까. 어차피 요구를 들어줄 것이라면 기분 좋게 응할 수도 있었잖아. 늘 별 것 아닌 일로 분노와 자괴 사이에서 너덜너덜해진다. 겨우 6

살 난 아이 앞에서 네가 했던 말에 책임을 못 지느냐고 따지고 드는 나란 인간. 매번 이따위 반응이나 하는 유치하고 얕은 인간. 감정을 주체하지 못하고 독을 뿜는 못난 인간. 요만한 일을 너그러이 받아내지 못하고 품어내지 못하는 별로인 인간. 나는 인간이 아니다. 괴물이다.

2월의 칼바람이 부는 바다라... 아이 둘을 데리고 곧 다가올 점심을 어찌 때운담. 모르겠다. 이 분노의 소용돌이만큼 더 불행한 게 있을까. 일단 여기서 벗어나자. 집에서 차로 10분 거리인 송정 앞바다에 도착했다. 아이들을 모랫바닥에 풀어놓고 길 건너 카페에서 커피를 한 잔 사 들고 앉았다. 2월의 바다라도 바람만 없으면 한낮의 겨울 바다는 포근하다. 하늘과 바다는 경계 없이 닿아있다. 어디서부터 하늘인지 어디까지가 바다인지 구별해 내려고 애를 쓰고 있으니 수천 개의 햇살 조각들이 두 눈을 가만히 두질 않는다. 잔잔한 파도 소리, 갈매기 소리에 귀를 기울이고 천천히 심호흡한다. 수천수억 개로 표류하는 반짝이는 보석들을 바라본다. 빛나는 바다와 따뜻한 하늘 앞에 나는 잔뜩 찌푸리며 작아진다. 날이서고 경직된 모든 것들이 무뎌지며 스르르 녹아난다.

딸아이가 흙을 퍼 담고 부어내기를 반복하더니 밥과 미역국이라며 그릇에 소복이 모래를 채워 내 앞에다 놓아준다.

"엄마 먹어봐."

"음- 냠냠. 맛있다."

작은 아이가 질세라 장난감 컵에 모래를 가득 담아 내 옆에 갖다 놓는다.

"엄마 커삐야. 엄마 꺼야."

"습- 음- 맛있네요."

두 녀석은 내가 모래를 비우며 다 먹는 것을 보고서야 돌아서서 또 새로운 요리에 열중한다. 굳었던 내 얼굴이 서서히 풀어지고 입가가 미미하게 떨린다. 눈앞이 뿌옇게 흐려지더니 강렬한 눈부심에도 무던해진다. 바다와 하늘이 한데 섞여 일렁일렁 거리더니 뜨거운 것이 쏟아진다. 두 볼을 타고 흐르는 뜨거운 눈물에 괴물 엄마는 스르르- 녹아 소멸한다. 눈물을 훔쳐내면 눈앞에 하늘과 바다 반짝반짝 눈부신 나의 작은 것들이 비로소 개인다.

나에게

좀 놀고 싶었을 뿐인데

> 이번 주 화요일 날 뭐 하시나들?

간밤에 문 선배가 채팅방을 열어 호이와 나를 소환했다. 하루 휴가를 쓰고 부산에 놀러 올 예정이니 울산에서 호이가 합류하여 셋이서 오랜만에 뭉치자고 한다. 평일만 가능하다는 선배의 스케줄이 우리 가정의 스케줄엔 사실 해당하지 않는 것이었으나, 흔치 않은 이 달콤한 기회를 절대로 놓치고 싶지 않았다. 올해 들어 부서가 통합되는 바람에 업무의 쓰나미가 들이닥친 남편의 사정을 뻔히 아는데도 불구하고 조심스레 양해를 구했다. 남편은 힘든 내색을 하지 않고 나를 위해 시간은 내주었다. 미안하고 고마운 가운데, 스스로에게는 희미하게 비열함 같은 것이 느껴졌다. 그럼에도 나도 좀 살고 보자는 심산이었다. 아, 그냥 좀 놀고 싶다고 나도.

드디어 고대해 마지않았던 화요일이다! 어린이집에서 아이들을 찾아와서 간식을 차려내 놓고는, 남편의 이른 퇴근을 기다리며 정성스레 화장을 한다. 피치 컬러의 신상 볼 터치를 굴리며 왠지 내일 아침이면 위장을 부여잡고 기어 다닐 것만 같은 예감이 스친다. 일 년에 몇 번 허락되지 않는 밤마실에, 억눌러왔던 욕망이 광안대교 위의 불꽃 축제처럼 터질 것이 분명하기 때문이다. 예감은 적중했다. 광안대교와 해운대 바다가 훤히 보이는 횟집이었다. 외지인에게는 더할 나위 없이 취향 저격일 테지. 아하하하- 나 자신의 센스하고는. 평일 저녁에 곱게 화장을 하고 개별적인 인간이 되어 나의 옛사람들과 함께한다는 사실이 설렘으로 가득 부풀어 오르게 했다. 그래서인지 먹지 않아도 배가 부른 것만 같았다. 식사는커녕 안주도 챙겨 먹지 않고 소주잔만 거듭해서 비워냈다. 그러니 술도 체할 수밖에.

즐거웠던 것은 분명한데 무슨 대화가 오갔는지 기억이 희미한 가운데, 부끄러움1. 현재의 육아에 대해 이야기하다가 주책스럽게 몇 번 훌쩍였던 것이다. 서울에서 온 싱글남과 아직 아기가 없는 처녀같이 고운 '호적만 유부녀' 앞에서 말이다. 이들에게 공감이 될 리가 있나. 야 이 사람아- 누울 자리를 보고 뻗어야지. 아우- 부끄럽고, 어우- 추잡스러워라. 부끄러움2. 처음 보는 이의 몇 마디 칭찬에 대한 나의 반응이다. '클러치가 너무 이쁘네요. 어디서 사셨어요?' 따위의 시답지 않은 말이었는데, 어린아이처럼 그저 헤헤거리며 해당 브랜드에 대해 설명을 늘어놓고 브랜드 네임을 받아 적으시라며 훈수를 두었던 기억이 어릿어릿 스친다. 그렇게나 누군가의 인정에 목이 말랐던 것일까. 그게 그렇게나 자긍심을 느낄 일인가. 아, 정말 실없음이 하늘을 찌를 기세다. 부끄러움3. 취중에 뭐가 그리 발산을 하고 싶었는지 그놈의 바 '빌리진'을 반드시 가야 한다며 우겨댔다. 아무도 묻지 않았고 보고 싶지 않았을 텐데 춤은 이렇게 추는 거라며, '빌리진'에서 반드시 나만 따라 하라며, 굼벵이처럼 어깨를 덩실거렸다. 나는 누구보다 나의 춤을 잘 아는 입장에서 현장에서의 부끄러움은 온전히 내 친구들의 몫이었겠구나. 어쨌든 스스로가 혐오스럽다. 부끄러움4. 전국에서 가장 맛있다는 아사히 드래프트 두

잔을 게 눈 감추듯 비우고 빌리진으로 향했다. 이동하는 택시에서 정신을 잃었다. 빌리진에 착석까지 했다는데, 이미 기억에 없다. 여기서 진짜 문제는 이쁘다고 칭찬받았던 그 클러치는 택시에 고이 두고 내려주셨다는 사실. 제길슨, 망함.

으스스 추위를 떨어내며 우리 집 새벽 거실에서 널브러진 채로 의식을 되찾았다. 부끄러움 시리즈가 흐릿흐릿 줄지어 파노라마로 펼쳐지면서 말이다. 이어서 작은 꼬마가 깨어나 제 옆에 빈 이부자리를 더듬으며 엄마를 찾아 우는 소리가 들렸다. 나의 옛사람들과 함께한 어제의 귀한 시간이 아주 오래된 일처럼 뿌옇게 흐려서 허무가 일고, 자기혐오가 쓰나미처럼 밀려온다. 그냥 좀 놀고 싶었을 뿐인데, 몸도 마음도 몹시 괴롭다. 무엇을 그리 호소하고 싶은 걸까. 무엇을 그토록 떨쳐내고 발산하고 싶은 걸까. 밤마실도, 술도, 나의 옛사람과의 만남도 너무 고팠기에 오랜만에 한꺼번에 하려니 분명 탈이 난 게다. 그냥 좀 놀고 싶었을 뿐인데.

나는 다이어터다

'하아……'

거울에 내 전신을 정면, 측면, 후면을 비춰보고 있자니 자연스레 입에서 탄식이 터져 흐른다. 아이 둘을 출산한 나의 몸매, 아니 몸집은 정말이지 결단이 필요한 시국이다. 그래, 탄수화물을 줄여야지! 특히 저녁엔 더더욱 가볍게 말야. 밥을 멀리하고 아이들 발라주고 남은 생선 살점이나 두유나 두부 정도만 먹는다. 음 가볍고 좋다! 그래 이거야. 아이들과 저녁 시간을 보내는데 견딜만하다. 그러나 밤 10시경, 나의 육아 퇴근인 동시에 남편의 회사 퇴근 시간에 이르면 슬슬 허기가 밀려온다.

'아, 속이... 가벼운 게 아니고 비었어... 뭔가... 원해... 원하고 있다...'

그 순간 이 집 남자가 대문을 열고 등장한다. 그의 얼굴을 마주한 순간 식욕과 술에 대한 욕구가 나를 덮치듯, 쓰나미처럼 밀려온다. 도무지 거역할 수 없도록. 내 뜻이 아니라는 듯 넌지시 묻는다.

"배 안 고파?"

그쪽에서도 호락호락 나오지 않는다.

"너는?"

"당신은?"

"너부터 말해."

대답을 서로에게 미루고 몇 번 더 입씨름이 오가다가 누군가 시인한다.

"배고프지. 엄청."

말이 떨어지자마자 다음 단계로 넘어간다. 메뉴선정이다.

이 남자와 쌓아온 술상의 역사는 내 몸이 제일 먼저 기억하고 반응한다. 이거 어딘가 모르게 익숙한데... 그래, 파블로프의 개 실험이다. 개에게 밥을 줄 때마다 종을 울려주었더니 종소리만 들어도 개의 입에 침이 고인다는 그 유명한 실험 말이다. 이 시간대 이 남자의 얼굴은 나에게 다름 아닌 종소리인 것이다. 딸랑딸랑- 이 남자의 얼굴이라는 조건자극에 무조건 반응하는 이 여자의 탐욕은 안타깝게도 배달음식은 불허한다. 양과 질에서 만족하는 일이 거의 없기 때문이다. 그래서 주로 냉동실과 야채 칸을 털어서 금방 요리할 수 있는 메뉴를 그때그때 선택하는데, 간단히 먹을 때는 쥐포 두세 장에 마요네즈를 곁들이거나 감자칩 정도로 되겠지만, 그것으로 만족할 날이 대체 일 년에 몇 번이나 될까. 그런 면에서 나는 나를 아주 잘 안다고 할 수 있다.

우리집 제1의 메뉴는 닭똥집이다. 닭 모래집이나 근위가 올바른 표현법이라는데 모래집이라고 하면 왜인지 이 음식 고유의 맛과 음식에 담긴 추억이나 향수까지 모조리 사라져 버리는 것 같아서 그냥 닭똥집이라고 부르기로 한다. 이름은 좀 아름답지 못해도 닭똥집! 해줘야 입에 침이 자르르- 고이거든. 닭똥집을 깨끗이 씻어서 기름을 조금 두른 프라이팬에 앞뒤로 잘 굽는다. 소고기를 대하듯 정성스레 굽는다. 여기서 중요한 사실 한가지는 재료를 대하는 자세가 결과를 좌우한

다는 것. 맛과 비주얼 모두 높이 끌어올린다는 말이다. 닭똥
집 앞에서 실로 인생을 관통하는 깨달음을 얻는다. 잘 구워진
닭똥집에다 진간장에 조선간장 약간, 물, 다진 마늘, 생강 청,
매실청, 요리당을 섞어 미리 만들어 둔 양념장을 부어 졸여주
면 촉촉하고 쫄깃한 닭똥집 볶음이 완성된다. 접시에 보기 좋
게 담고 깨와 바질가루를 슬슬 뿌려주면 풍미가 살아난다. 비
빔면에다 캔 골뱅이를 버무리는 요리를 '골빔면'이라 하는데,
비빔면에 들어있는 그 조그만 양념장 하나 쭉 짜 넣으면 간단
히 완성되긴 하지만, 우린 또 풍미가 떨어지는 건 참을 수가
없거든요. 채 썬 양배추나 오이 따위가 듬뿍 들어가므로 양념
이 더 필요하기도 하고. 따라서 간장과 식초, 고춧가루, 다진
마늘이 적당량 추가돼야 한다. 마지막에 똑- 참기름 한 방울
까지 말이다. 가끔 목살이나 삼겹살이 냉장고에 잠들어 있는
날이면 나에게 파블로프의 종소리인 어떤 남자에게는 계 탄
날이다. 그냥 굽기만 하면 된다며 본인이 직접 하신단다. 들
썩거리는 어깨와 무언가 상기된 듯한 엉덩이의 태는 이날의
관전 포인트다.

　"후추 뿌리는 거 잊지 마."

　그의 등 뒤에서 주문하면서 나는 시댁에서 얻어온 마늘

지, 양파지, 깻잎절임 등을 골고루 꺼내 접시에 담는다. 이것
들을 곁들여 먹으면 아주 간단하고 근사한 술상이 된다. 냉동
새우와 마늘, 건 고추를 올리브오일에다 끓이기만 하면 10분
안에 뚝딱 완성되는 '감바스 알 아히요'도 훌륭하다. 집에 바
게트가 있으면 제일 좋지만 며칠 방치된 식빵을 좀 더 바싹하
게 구워 곁들여도 충분하다. 닭다리를 살만 발라낸 정육 형태
로 파는 것을 사다가 우유에 30분을 담가서 누린내를 제거하
고, 양파 한 개 분량과 간장, 물, 매실청을 섞어 믹서에 곱게
갈아둔 소스에다가 졸이면 달짝지근하면서 감칠맛 나는 닭고
기 요리가 완성된다. 냉장고에 오래 방치된 시판용 토마토소
스가 있다면 오늘의 메뉴는 '삭슈카' 되시겠다. 집에 굴러다니
는 야채와 햄, 소시지 등을 몽땅 털어 넣고 토마토소스에 우
유로 농도를 맞추어 끓이다가 계란 두 개를 톡 깨뜨리고 치
즈를 한 장 올려 조금만 더 익혀 내면 이스라엘식 부대찌개
가 된다. 매운 고추를 두어 개 송송 썰어 넣는 것을 잊지 말
고! 어떤 날은 문어를 한 마리 사다가 무를 썰어 넣고 끓인 물
에다 잠깐 삶아 낸다. 한 김 식힌 후 바로 냉동실로 직행이다.
그리고 기분 내고 싶은 밤에 냉동된 문어를 얇게 슬라이스 한
다. 얼었던 것이 살짝 녹을 때 슬라이스의 굵기가 좀 더 쉽게

조절된다. 여기서 포인트가 기름장에 있는데 소금을 푼 참기름에다 청양고추와 마늘을 다져 넣어야 그 맛이 완성된다. 고소하면서 알싸한 참기름 맛이 문어와 잘 어울리기 때문이다. 여기까지가 대략 자주 올라오는 메인 메뉴들이다.

사이드 안주로는 아이들이 저녁에 먹다가 방치된 사과나 귤, 배등의 과일은 무조건 1순위다. 색이 살짝 변하거나 베어 물었던 조각도 크게 개의치 않는다. 누군가는 이 비위생적이고 교양이라고는 찾아볼 수 없는 우악스러움에 경악할지 몰라도 엄마가 되고 보니 뭐, 그쯤이야! 싶은 거다. 거기다가 그때그때 야채 칸에 재고에 따라 당근이나 샐러리, 오이를 길게 썰어 마요네즈를 곁들이면 훌륭한 사이드 안주가 된다. 며칠 저장이 되는 안주 중에 토마토 마리네이드를 빼놓을 수 없다. 토마토 손질이 조금 손이 가는 편이긴 하지만 한번 만들어 두면 며칠 동안 속도 편안하고 상큼한 게 아주 훌륭한 샐러드가 된다. 데친 방울토마토의 껍질을 벗겨 내고 올리브유와 꿀, 식초, 다진 양파에 버무려 냉장고에 하루 재어놓기만 하면 며칠 동안 효자 노릇을 톡톡히 하니 사랑하지 않을 수 없는 요리다.

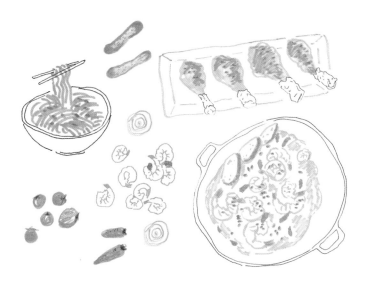

오————딸.
엄마도 자라고 있어

아! 여기서 마지막으로 술을 빼놓으면 섭섭하지. 내 다이어트의 적은 탄수화물이지 술은 아니라는 말도 안 되는 논리를 고수하고 있다. 해산물과 함께할 때는 소주만 한 것도 없지만, 평소엔 주로 맥주를 마신다. 가볍고 청량한 라거를 즐기지만 이게 슬슬 질릴 때가 되면 풍미가 짙은 밀 맥주를 선택한다. 으스스한 가을이 시작되려고 하는 딱 이맘때는 아예 흑맥주를 집에 들이기도 한다. 크리미한 거품과 진한 맛이 일품이다. 잔에 따르고 거품이 자리 잡는 1분간의 순간은 자연의 경이로움을 마주할 때와 같이 경건한 느낌마저 든다. 720mL짜리 병맥주를 500cc 잔에 따라 마실 때도 있고 간단히 500mL 캔맥주 채로 먹을 때도 있다. 일본 사람들처럼 200cc 아주 귀여운 유리잔에다가 조금씩 여러 번 따라가며 마셨더니 그 맛이 또 다르게 좋았다. 같은 맥주라도 어떻게 마시는가에 따라 맛과 느낌이 다르다는 것은 참 재미있는 사실이다.

난 누가 뭐래도 다이어터다. 탄수화물을 항상 조심하기 때문이다. 불금이다, 불토다, 크리스마스다, 연말이다 하며 각종 시시때때 기념일마다 온 세상이 시끄럽게 떠들어대는데, 나의 자리는 1년 365일 아이들이 잠들고 난 뒤 고요가 묵직하게 내려앉은 우리 집 거실의 테이블이다. 아이들을 재우고 하루를 수고로이 마감한 뒤에도 집은 지켜야 하는 나는 엄마 사람이다. 이것이 바로 다이어터라 주장하는 와중에도 술과 안주에 유독 집착하게 된 이유가 아닐까. 아니, 그저 파블로프 개의 실험일지도 모른다. 그래, 좀 더 솔직해지자. 그냥 아줌마의 식탐일 뿐.

취화선

　술에 취해 그림을 그리는 신선이라... 우리 동네에 취화선이라는 술집이 있다. 아파트 상가의 지하에 테이블이 일곱 개인 작은 민속주점이다. 이 동네에 7년을 살면서 최근에야 귀동냥으로 알게 된 곳. 그만큼 간판이나 홍보, 입지가 낙후된 가운데 오로지 입소문만으로 유명세를 탄 집이다. 평일 저녁이라도 예약 없이는 함부로 엉덩이를 붙일 수 없는 이 구역의 진정한 핫플레이스란 말이지. 50대 초반쯤 되어 보이는 여사장님은 음식에 대한 자부심이 대단해서 바쁜 와중에 틈틈이 메뉴의 재료, 산지, 간단한 레시피, 효능까지 브리핑 해주신다. 여기에다 툭툭 내뱉는 무뚝뚝한 말투와 반말은 덤이다.

영국에서 갑작스레 내한한 Y에게 반드시 이 집을 소개하고 싶었다. 울산에 사는 H까지 합류하려면 피할 수 없이 평일 저녁이여야만 했다. 민폐를 무릅쓰고 이웃 친구네 아이들을 맡기고 자유부인이 되어 거리를 뛰쳐나왔다. 나에게 주어진 시간은 저녁 6시부터 8시까지, 단 두 시간이다.

친정이 나와 한동네인 Y도 아이를 맡겨두고 왔고, 정해진 시간을 허투루 보내면 안 된다는 일념으로 나도 먼저 나가 자리를 잡았다. 곧 강아지처럼 부슬부슬하게 긴 파마머리를 하고, 가녀린 팔이 드러나는 민소매 티셔츠와 품이 넉넉한 청바지를 입은 H가 샤라라 하고 등장했다. 아… 저 아름다운 생기와 자유분방함 보소. 역시, 같은 유부녀이지만 비출산자의 아가씨 핏이란! 하긴 Y와 내가 이 나이 되도록 비출산자 일지라도 여리여리 아가씨 핏은 유지하지 못한다에 냉정하게 한 표다. 에라이. H는 드라마 '치즈인더트랩'의 김고은이 맡았던 여주인공 홍설처럼 하고 나타나서는 앉자마자 웃음을 터뜨린다. 여기 이 민속주점이 꼭 나를 닮아서라나. 선뜻 이해할 수 없었다. Y는 또 맞장구를 친다. '왜 나.. 나랑. 뭐가?' 나한테 이런 뽕끼가 흐른다나 뭐라나. 말도 안 되는 이야기이므로 그냥 웃어넘겼다. 뿡끼는 나랑 전혀 무관하므로.

우리는 누가 먼저라고 할 것도 없이 15년 전에 대학로에 자주 가던 민속주점 '얼'을 떠올렸다. 지하 공간에 다닥다닥 붙어 앉아 날이 밝도록 청주에다 파전, 소주에다 알탕을 부어라 마셔라 먹어대던 그곳. 온 세상이 고요한 가운데 푸르스름하게 밝아오는 새벽녘, 비틀비틀 지하세계를 헤치고 나와서도 곧바로 헤어지지 못하고 우르르 무리 지어 어슬렁거리던 그 풍경에 대해 곱씹었다. 그리고 그 옛날에 단체 소개팅에서 그 남자가 우리 둘 사이를 왔다 갔다 했고, 그 자식은 나를 좋아했다느니, 정말 너를 좋아한 거 맞냐느니, 그 시절엔 노래를 잘 불렀다느니, 너는 지나치게 도도했다느니, 퍼내도 퍼내도 재미가 마르지 않는 옛날얘기들이 줄줄이 이어져 나왔다. 같은 사건에 대해서도, 같은 사람에 대해서도 서로 조금씩 다르게 기억하고 있었다. 무수한 조각들을 맞춰 보며 각자 본인이 옳다고 핏대 세워 주장한다.

주인장이 "음식 나온다. 좀 치아라-" 하시며 무심히 언쟁을 끊어놓는다. 오히려 적절한 타이밍이었다. 문어 숙회와 돼지고기 세트가 나오자 내가 자신 있게 말했다. "저 주인장 이모님은 진정한 아티스트야. 맛과 영양, 건강한 재료, 플레이팅의 비주얼까지. 이건 아트야. 이 퀄리티, 이 컬러, 이 조화로움을 보라구." 거기서 또 복슬이 H는 빵 터지더니 이런 게 나의 뽕끼라고 장담한다. 남들은 이런 걸 그냥 장사를 잘한다고 말한다고. '뽕... 뽕끼라니. 뽕끼라니? 이쯤 되면 모욕인데 이거...' 하면서도 은근히 납득이 되는 구석이 있었다. '아놔 나 세련된 사람... 아니 정확히 말해 세련에 집착하는 사람인데 나의 정체성은 정말 뽕끼였나?' 뒤통수를 한 대 맞은 것 같이 어질어질한 가운데 목구멍에서 맴도는 찝찔한 뒷맛은 또 뭐다니.

　근황 이야기를 빼놓을 수 없지. '오늘의 커피'도 '금주의 메뉴'도 아니고, '오늘의 처참함' 이라든지 '근래의 시궁창'이랄까. 늘 소재를 바꿔가며 우리를 괴롭히는 고민, 고민, 고민들도 서로 한바가지 속사포로 쏟아냈다. 영국이나 부산이나 울산이나 우리 셋 다 타향살이 신세구나. 하긴 뭐 현대사회에서 고향이 의미가 있나 싶다가도 Y는 먼 이국땅에서의 외로움에 대해 역설했다. 또 언제나 언제나 끝나지 않는 경제적

짜침의 굴레, 30이 넘도록 계속되는 부모와의 관계문제, 부부 사이, 할 말이 너무 많은 육아, 인간관계, 자아실현. 그래 모든 갈등은 '관계'에서 기인한다고 새롭지도 않은 사실을 다시 한번 확인하게 된다. 늘 같은 얘기인데 만날 때마다 마르지 않는 샘물처럼 흘러넘친다. 그래도 막 쏟아내다 보면 처참한 기분이 한결 가벼워지고 저 아래 희미하게 어른어른 거리는 일말의 희망을 건져 올린다는 것이다. 이게 바로 옛 친구와 이야기의 힘이 아닐까.

시계는 6시에서 8시로 무정하게도 흘러간다. 시계를 볼 때마다 괜스레 목이 타서 맥주를 벌컥벌컥 들이켜 댄다. 시곗바늘을 단단히 잡아 둘 수만 있다면... 그렇지만 정해진 시간 내에 매우 밀도 있게 쏟아내고 나누었다는 점에서 모두 동의했다. 오늘의 만남은 토크쇼 뺨칠 뻔했다고. 아... 아쉽고 달콤해라. 친정에 자식 맡겨둔 Y는 그렇다 치고, 아가씨처럼 빛나는 복슬이 H에게 '자기, 오늘 밤 제발 자고 가' 라며 애원했는데, 그녀는 단호히 뿌리치고 울산행 버스에 올랐다. 그렇게 우린 헤어졌다. 고속도로를 달리는 버스에서 H는 형광 빛을 발하는 보라색 융으로 만들어진 커튼을 사진으로 찍어 '쩡아,

너의 뽕끼와 닮았어.' 라고 SNS에 피드를 남겼다. 아… 정말 마지막까지 '김정뽕끼'라고… 이마팍에 뙇! 인두질로 박아 주시나니. 감사합니다. 치즈인더트랩의 홍설이 아니고 그냥 치즈 김H야!

　친구들에게서 등을 돌리자마자 입가의 미소는 싸늘하게 식어버리고 술기운에 무거워진 몸뚱이는 허겁지겁 아이들에게로 향한다. 띵동- 벨을 누르고 현관문이 열리자 "엄-마--" 하고 우당탕탕 내 새끼들이 품으로 들어온다. 양손에 한 놈씩 달고 터덜터덜 집으로 내려오는 길. 일순간에 화려한 드레스를 입은 공주에서 누더기로 돌아온 신데렐라가 된 것 같았지만, 왕자님과 화려했던 무도회장도, 양손에 보들보들한 것들을 주렁주렁 달고 함께 조잘대며 밤거리를 걷는 지금도 모두 감사하고 행복한 순간임에 틀림없다. 나의 왕자님 Y와 H야. 짧은 시간이었지만 우리, 술에 취한 신선처럼 신명 나게 그림 한판 자알도- 그렸다. 그치? 모두 굿나잇!

소쇄원 광풍각

지방 산중에 3칸짜리 작은 정자를 보려고 서울에서 차로 4시간 반을 달려 담양까지 간 적이 있다. 소쇄원의 광풍각이다. 신발을 벗고 조그마한 공간의 한가운데 올라앉아서 가만히 풍경을 바라보고, 대자로 드러누워 나직한 천장을 보며 이 공간과 자연 모두를 오래오래 느낀 기억이 있다. 중앙에 한 칸짜리 실에서 사방의 문을 꼭꼭 닫아걸어 잠그면 세상과 차단된 나만의 작은 우주가 된다. 온돌 기능까지 있으므로 사계절을 불문하고 말이다. 반면 각 한 면씩 문을 열어 올려 서까래 고리에 걸을 때마다 다른 세상이 펼쳐진다. 세상 모든 풍경과, 온도와, 바람과, 냄새와, 소리가 다 통하고 나가는, 다양한 경우의 수를 누리고 맛볼 수 있다. 소박하고 단조로운 외관 속에 한옥의 실상은 이토록 열린 결말을 선사한다는 말이다. 특히나 광풍각은 열리고 닫힘에서 자유롭고, 제한적이나 확장하는 의지를 가진 공간이라는 점에서 그때나 지금이나 나에게 매우 세련된 공간이다.

　나의 마음도… 광풍각을 닮았으면 좋겠다. 열리고 닫힘에서 자유로운 의지를 갖췄으면 좋겠다. 실은 실대로 외부는 외부대로 닫아걸되, 언제든 의지가 생기면 열어 소통할 수 있는 힘을 가지는 상태 말이다. 사시사철 무방비한 상태로 매서운 칼바람과 들이치는 장대비와 뜨거운 무더위를 온전히 겪어낼 필요 없이 말이다. 좀 더 세련된 사람이고 싶다.

피어싱과 타투

"만약 코를 뚫으면 시댁에 갈 땐 어떻게 하죠? 저... 어울릴까요?"

타투샵에서 시답지 않은 질문을 해대며 반짝거리는 피어싱을 콧볼 여기저기 대어 거울에 비춰본다. 가게 언니는 완곡한 표현으로 코 피어싱을 만류했다. 그녀의 말을 직역하면 이러했다.

'너는 코가 못났으니 비추입니다.'

'아하... 그래요? 인정. 난 이효리가 아니니까요.'

한창 멋을 내던 20대에도 하지 않았던 피어싱과 타투를 서른 중반 즈음에 아이 둘을 낳은 아줌마가 되어 실행한다.

　　첫아이 15개월간의 모유 수유를 끝내고 곧 두 번째 임신
을 했다. 이어서 둘째 아이의 13개월간의 모유 수유 끝에 만
4년간의 금주가 해제되었다. 우와! 매일 밤, 술을 달게 들이
키면서 어느 주말에 남편에게 아이들을 맡겨두고 피어싱샵
으로 향했다. 언니가 내 귀를 마구잡이로 비벼대며 귀 전체를
얼얼하게 만들더니 갑자기 쁘드득- 했다. 기분 나쁜 소리와
함께 시린 것인지 뜨거운 것인지 잘 모를 통증이 뒷골부터 정
수리까지 퍼진다. 그렇게 작고 차가운 금속은 연골 두 군데를
차례로 통과했다. 둘째 아이가 30개월쯤 어린이집을 가게 되
었고 5년 만의 혼자만의 낮 시간을 가졌다. 그 찬란했던 봄,
어느 날엔 타투샵으로 향했다. 타투의 모양과 의미에 대해 오
래 고민했지만 막상 디자인은 타투샵에서 전혀 다른 방향으
로 결정되었다. 낙서같이 동그란 스마일 무늬 속에 눈을 ㅈ,
ㅇ으로 새겨 넣었다. 아이들의 이름을 딴 자음이다. 바늘이 그리
는 선을 따라서 검정 잉크가 피부 깊숙이 뜨겁게 박혔다. 오
른쪽 손목과 왼쪽 발목이었다.

　　피어싱을 한 지가 벌써 만 2년이 되어 가는데도 몸이 아
플 때라든지, 전날 과음을 했다든지, 생리 주기에 따라 이 부

분에 피가 배거나 고름이 차오른다. 오른쪽 귀에 자꾸 손이 올라간다. 만져서 상태를 확인하는 것이다. 또 이 타투는 어떠한가. 시댁에 가거나 더 극단의 경우엔 시댁의 큰집에 가서 집안의 모든 어른을 뵙게 될 때가 문제다. 경상남도 합천 골짜기에 지긋한 어른들이 빼곡히 앉아 계시는데 상의 한가운데로 타투를 새긴 내 팔목은 음식을 나르고 치워내느라 왔다 갔다 바쁘다. 내 신체는 문제없이 움직이지만 특정 부위로 향한 내 마음이 한없이 경직되어 있다. 닿았는지 미처 못 닿았는지도 모를 그 많은 시선들이 따가워 죽을 지경이다. 그 편견 어린 시선에 당당히 맞서지 못하는 나의 비겁은 오죽할까. 끝내 참하고 고운 며늘아기의 이미지는 잃기 싫은가보다. 실상 참하고 고운 그런 인간은 아니잖아?

고비를 지날 때마다 한창때도 하지 않았던 짓들을 저지르고 말았다. 단지 멋이 아니다. 나의 껍데기를 한 꺼풀 벗어나 새로워지고 싶었을 테다. 내 안에 어떤 금기를 깨고 싶었을 것이다. 아내, 모성, 육아, 주부라는 역할 아래 자유로울 수 없었던, 그저 바람처럼 흐르고 싶었던, 나를 끄집어내고 싶었을 것이다. 나답지 않게 잠잠히 고여만 있었던 현실을 거칠게

찰랑이고 강하게 스크래치를 내고 싶었을 것이다.

　　나의 허물벗기가 이토록 타당하지 못할까. 내가 거듭나고자 결정한 것들이 이렇게 자잘하게 나를 괴롭힌다. 그만 좀 피고름을 보고, 그만 죄책감을 느꼈으면 좋겠다. 하긴 피고름은 몸의 당연한 신호이고, 타투에 대해서는 그 작은 것 하나로 시댁 어른들과 맞서 이길 필요는 없다. 귀에 트러블이 가라앉을 때까지 잠자코 기다리면 될 것이고, 시댁 어른들을 대할 땐 일회용 밴드 하나면 족할 것이다. 받아들여야 할 때는 받아들이고 타협해야 할 때는 타협하면 그만이다. 또 살면서 또 한고비 넘겼다 싶을 땐 나머지 한쪽 귀에다 피어싱을 뚫고 신체 어딘가 타투를 새기면 그만인 것이다.

욕망의 행성들 사이에서, 시

"엥? 시? 시를 외우라고? 국어 시간도 아닌 가정시간에?"

반 전체가 수군거렸다. 고등학교 1학년 새 학기 때의 일이다. 가정 선생님은 첫 시간에 들어오셔서 뜬금없이 시 외우기를 수행평가 과제로 던져 주셨다. 스스로 시를 선택하고 일주일의 시간 동안 완벽히 익혀서 교탁 앞에 서서 느낌을 살려서 외는 것이다. 지금은 제목조차 기억나지 않는 정호승의 시를 하나 택했다. 집에 굴러다니던 아빠의 시집에서 그나마 짧은 것으로 대충 골랐다. 느낌이고 뭐고, 의미고 뭐고, 대충대충 해대니 마음에 와닿을 리도, 입에 착착 붙을 리도 없지. 그저 귀찮은 숙제일 뿐.

디데이가 왔다. 아놔- 부끄럼 많은데 걱정이다. 드디어 내 차례. 교탁 앞에 양손을 어정쩡하게 올려놓고는 시선은 교실 뒤 산만한 것들이 덕지덕지 붙은 게시판의 한 점에다가 꽂았다. 불안정한 호흡을 붙잡아보려 안간힘을 썼지만 안타깝게도 내 목에선 희미하게 염소 울음소리가 났다. 게다가 "정호성. (앗차! 에이씨-) 아... 아니. 정호승."이라고 초장부터 벌벌 떨며 경상도 발음의 최고 맹점 'ㅓ'와 'ㅡ'에서 버벅대는 바람에 모두의 개그맨이 돼버렸다. 선생님은 다른 친구들이 제법 그럴듯하게 시를 외는 동안 짧은 동선으로 왔다 갔다 하시며 시선을 당신의 발끝에서, 교실 바닥, 창틀, 창밖, 하늘까지 확장시키곤 했는데. 젠장, 난 분위기 다 깬 덕분에 점수도 별로 못 받았었지. 나 사실 시쯤이야 멋지게 느낌 살려 제대로 욀 수 있는 사람인데. 그 정도 인간은 되는데. 감정 추스르고 냉철하게 사고하고 매사 계획적으로 움직이는 그런 종류의 인간은 못 될지라도 말이다. 그땐 미숙했다. 내가 무엇을 좋아하고, 무얼 잘하는지, 나에 대해 잘 알지 못했다.

공부를 잘해서 의대나 약대를 가고 싶었지만 색맹이라 응시조차 못했다 하셨나. 그래서 수많은 기대와 스스로의 욕망을 버리고 가정교육과를 선택했고 평범한 주부로, 가정교과 교사로 살며 틈틈이 책을 읽고 음악을 듣는 취미생활로 평범하게 산다 하셨다. 그리고 이제는 행복하다고 덧붙이셨다. 누가 묻지도 않았는데 담담히 자기를 고백한 그 가정 선생님이 특별히 기억에 생생하다. 조그마한 체구에 왜소했지만 글래머였고 늘 꼿꼿한 자세를 유지했다. 세련된 숏커트에 늘 디테일이 살아있는 퀄리티 좋은 옷을 입었다. 화장기 없이 잡티가 적나라하게 드러나는 얼굴에서 반들반들 윤이 흘렀다. 날짜가 지난 우유를 냉장 보관해 뒀다가 한두 방울로 마무리 세수를 한다 하셨었지. 늘 여유로운 표정에 교양이 넘치는 말투였다. 갈색에 가까운 눈동자는 깊고 자애가 넘쳤다. 그 시절 나는 누구보다 그녀를 자세히 살폈다. 그녀의 모든 분위기가 어쩐지 참 좋았다. 그 입가에 미묘하게 맴도는 쓸쓸한 여운까지도.

10대, 20대를 지나오면서 나는 나를 잘 알고, 내 욕망을 헤아릴 때가 있었던가. 30대의 중간에서 엄마인 여자로 사는 지금까지도 자아실현과 육아 사이에서 끊임없이 들끓고 있다. 어린 나이 때부터 산다는 게 몹시 불안했고 불행했다. 모두 저마다의 사연과 아픔을 품고 산다는 것쯤은 잘 알지만 나는 왜 한시도 평온하지 못하고 이토록 들끓는가. 그것은 주어진 현실을 받아들이지 못하고 매우 욕망하기 때문이리라. 내 안에서 각기 다른 욕망의 행성들이 충돌하며 폭발을 일으키고 엄청난 굉음과 두서없이 떠다니는 파편들 가운데 오로지 연명하기에 바빴으니까. 행성들 하나하나 애정을 가지고 살펴볼 여유 따위는 없었다.

18년 전, 따뜻하고 깊은 눈매와 쓸쓸한 입매를 가진 아름다운 중년의 여인이 무슨 이유로 열일곱 소녀들에게 시를 외게 했는지 다시 한번 되새겨 본다. 그녀는 분명 자신의 삶을 받아들이고 그 안에서 찾는 작은 즐거움에 대해 이야기하고 싶었다. 욕망을 욕망껏 풀어내지 못한 이의 개인적인 즐거움에 대해 말이다. 대부분의 사람들이 자신의 욕망이 무엇인지, 어디까지인지 잘 모른 채 살아간다. 그러니 그녀는 아주 평범한 사람이, 욕망을 다 하지 못한 개인이, 어떻게 행복할 수 있는가에 대해 말해주고 싶었을 것이다. 그러나 그때는 알지 못했다.

내 안에 모두 다른 욕망의 행성들을 가만히 들여다본다.

자세히 하나하나 애정을 가지고 공들여 헤아려보려고 한다. 결코 쉬운 작업은 아니지만 한 가지는 확실하다. 지금은 아이들을 품어주어야 마땅하다는 그 욕망이 우선 한다는 것을. 엄마 품이 너무 그리웠고, 늘 부족했던 내가, 엄마가 되었을 때 반드시 지켜내야 할 것은 무엇인지 잘 알고 있다. 그것 하나를 인정하고 나머지 채워지지 못하는 욕망들을 가만히 바라보고 매만져주며 개인적 즐거움을 찾아야겠지. 간밤에 맥주 한잔, 짧은 글쓰기, 음악 한 곡, 한 편의 시로도 충분한 그런 것 말이다. 그것을 통해 좀 더 평안해지고 풍요로워지길 바란다. 따뜻하고 깊은 눈매와 쓸쓸한 여운을 띠는 입매를 가진 여인으로 나이 들어가길 바란다. 욕망의 행성들 사이에서.

김여유

여유로운 사람이 되길 바란다.

그런 의미에서.

개명하고 싶다.

김여유로 다시 태어나고 싶다.

이름부터 얼마나 여유 여유 하니.

김여우 비스무리 한 게.

여우과는 절대 될 수 없는 성정이기에

그런 점에서 약간 좋기도 하고.

이름이라도요.

김풍요가 더 멋질까?

김풍류는 자신 있는데.

이 몸의 풍류를 보는 사람은 좀 곤란할지언정.

아니, 아무래도 김여유가 더 느낌 있어.

야 친구들아, 나 오늘부터 김여유다.

가끔 실수로 김여우라도 불러도 돼.

그렇게 해줘-

호흡할 뿐이다

    네 살배기 둘째 아이를 어린이집에 등원시킨 첫날의 봄이었다. 혈혈단신으로 거리를 걸었다. 며칠째 비바람이 몰아치더니 만개한 벚꽃 잔치는 소리소문없이 치러지고 바로 꽃비가 들이쳤다. 꽃비 사이를 걸으며 별안간 눈앞에서 뜨거운 것이 차올라 툭- 하고 터진다. 시야가 순식간에 흐려지고 코끝이 매워진다. 하핫. 뭔 눈물씩이나. 이토록 봄이 싱그러웠나. 비실비실 막바지의 꽃잎 세례가 눈물 날 지경으로 아름다웠을까. 거칠어진 손등으로 눈물 콧물 훔쳐 닦는다.

    정신 나간 여자처럼 눈물을 줄줄 흘리며 빠른 걸음으로

향한 곳은 요가센터였다. 등록함과 동시에 바로 수업에 임했
다. 몇 년을 기다려온 시간이었던가. 나를 위한 나만의 시간.
은 개뿔, 팔다리를 마구 휘저으며 주위를 두리번거렸다. 아
주 우스꽝스러운 꼴을 한 채로 한 시간은 느리게 흘렀다. 깊
은 호흡을 규칙적으로 하면 대사가 활발해지고 체온이 올라
간다. 체온이 올라가면 면역력도 높아진다고 한다. 익숙하지
않은 방향으로 근육을 스트레치 한다. 매우 고통스럽다. 이
과정에서 자세가 발라지고 경직된 근육들이 이완되고 따라서
몸의 각종 통증을 줄인다고 한다. 경직된 내 마음의 근육도
이완 할 수 있으려나. 이 마음의 통증도 완화할 수 있으려나.

　　운동이 끝나고 극심한 배고픔을 느꼈다. 발길은 자연스
레 집이 아닌 좌동 재래시장으로 향한다. 며칠째 아들 등원
기념식이랍시고 과음을 해댄 탓인지 내 몸은 추어탕 집으로
향한다. 한 그릇에 7000원. 귀찮은데 포장해갈까 하다가 홀
몸으로 여유롭게 한사발 들이길 요량으로 '마, 먹고 가자'를
택했는데 선택은 옳았다. 저렴한 가격에 반찬도 맛깔스럽게
가지가지다. 이 반찬, 저 반찬 천천히 맛보고 국물도 깨끗이
비웠다. 세상 만물을 노곤노곤하게 녹이는 봄 햇살 아래 늘어

지는 몸뚱어리를 끌고 겨우 집으로 돌아왔다. 그대로 침대에 누었다. 따뜻한 오후 햇살과 고요만이 가득한 집에서. 두둑한 배를 쓸어내리다가 이내 깊은 낮잠에 빠져들었다. 셋이서 뒹굴던 침대에 큰 대자를 하고 누워 혼자 다 쓰며 달디 달게. 아... 나의 세상이 변했다.

　다족류 생명체로 지난 몇 년을 살았다. 아, 나 팔 두 개, 다리 두 개 가진 여자사람이었지. 혼자 막 빠르게 걸을 수도 있고, 여기저기 발 닿는 대로, 마음 가는 대로, 방향도 목적지도 내키는 대로 선택할 수 있는 여자사람이었지. 가슴팍에 아기 띠로 조막만 한 머리에 다리 두 개, 팔 두 개를 딱 붙이고 8개의 다리로 걸어 다닌 것이 그 시작이었다. 그 수는 해가 갈수록 불어났다. 유모차를 밀고 갈 때는 삼륜 바퀴에다가 그 속에 조그만 생명체와 나의 팔다리까지 총합이 열한 개. 둘째가 태어났다. 유모차에 둘째를 태우고 뒤편에 첫아이가 앉을 수 있는 바퀴 달린 보드를 연결했다. 이 모양으로 길을 나설 때 나에게 연결된 팔과 다리는 열여덟 개였다. 걸어 다닐 만하니 양손에 팔다리 네 개씩 주렁주렁, 게다가 각 방향에서 사정없이 당겨 주시니 이건 뭐, 나 바람인형이니. 한없이 좌

우로 출렁출렁 댔다. 외출 시 만의 이야기는 아니었다. 집안
일을 대충 끝내고 엉덩이 좀 붙여보려고 앉으면 그 많은 수족
들이 우르르 달려와 양 무릎에 턱 하니 얹혔고 종종 면적확
보 싸움에 들어갔다. 그 아수라장 속에서 큰아이가 쌓아 올려
온 그림책 산을 읽어 내려야 했다. 아직 대장정은 끝나지 않
았다. 자려고 누우면 양쪽 겨드랑이 밑으로 그 많은 것들이
조랑조랑 매달렸다. 안아라. 토닥여라. 노래를 불러라. 이야
기를 들려라. 포개고 들이받고 밀어내고 치대고 내 몸에선 늘
뽀락뽀락 열매가 맺었다. 차암- 탐스럽게도 맺혔다.

    그간 육아라는 놈은 나에게만 특별히 가혹한 것 같았다.
나란 인간이 얼마나 열등한지, 정확히 어떤 부분에서 어떻게
자존감이 바닥을 치는지, 그 덕분에 어쭙잖게 잘해야만 한다
는 강박을 가지고 하루하루를 위태위태 버티고 있는지, 나를
꿰뚫어 보고 있었다. 뻣뻣하게 경직된 상태에서 공격은 정확
히 빈틈을 치고 들어왔다. 육아와의 전쟁에서 나는 늘 패잔병
이 되어 비참하게 나뒹굴었다. 잠시 잠깐을 내려놓지 못했다.
아무런 연고가 없는 이 도시에서는 잠시라도 손을 빌릴 그 누
군가가 없었다. 남편의 밥벌이는 나의 육아만큼이나 치열했

다. 야근이 기본이자 능력이자 도덕인 회사였다. 아이의 기질은 예민한 편이어서 온종일 혼자 감당해 내기엔 힘에 부쳤다. 그중에 가장 가혹했던 건 나 자신이었다. 나는 나를 그냥 내버려두지 않았다. 나의 모든 내면의 어지러움이 부모와의 애착에서 기인한 것이라 일찌감치 결론을 지었으므로. 나의 육아는 달라야 했다. 완벽해야 했다. 간장 종지 같은 내 그릇의 크기 따위는 고려되지 않았다. 엄마로서의 나는 사표를 낼 수도 이직을 할 수도 없었다. 자의도 타의도 아니며 눈만 뜨고 일어나면 자동 재생되는 이 육아 지옥 앞에 세상이 다 캄캄했다. 잘 해내고 싶었으나 번번이 잘 해낼 수 없었다. 아이들이 너무 사랑스러웠지만 너무 미웠고, 너무 행복했지만 너무 불행했다.

두 아이를 등원시키고 오늘도 요가를 한다. 천천히 들이쉬고 깊게 내뱉는다. 숨을 들이쉬며 양손을 모아 하늘로 뻗어 올린다. 숨을 내쉬며 상체를 숙여 코와 정강이가 만나도록 골반을 접어 깊이 전굴한다. 반복되는 과정에서 온몸이 달구어지고 따뜻한 기운이 회전한다. 뜨거운 고통 중에 시원하게 퍼지는 희열이 있다. 한 시간이 빠르게 흐르고 어느새 마무리 시간. 반듯이 편안하게 누워 호흡을 정리한다. 조명을 끄고 모든 빛이 사라진다. 깊게 마시고 천천히 내 쉰다. 어깨를 바닥 쪽으로 털썩-, 목의 긴장도 슥- 끌어 내린다. 양 손가락, 양 발가락 끝, 혀끝의 긴장까지 스르르 풀어낸다. 잡생각들이 순식간에 불쑥불쑥 들이치지만 얼른 호흡에 집중하며 비워낸다. 호흡하고 또 호흡한다. 내 몸뚱이는 가볍게 흩어지고 까만 어둠과 함께 광활한 우주가 된다. 들이쉬고 내쉬기를 반복하는 우주. 까만 우주. 가만한 우주. 작은 우주. 그리고 천천히 손가락 발가락부터 움직여주고 의식을 돌려놓는다. 한 팔한 팔 짚어내 일어나 앉아 합장하고 마침 인사를 나눈다.

나의 육아도 호흡하듯 자연스러웠으면 좋겠다. 그만 들끓이고 가만히 내려놓고 우주의 이치에, 자연의 순리에 맡겨보고 싶다. 불안하고 위태했던 지난 시간을 돌아보며 이제 그만 순응해보기로 한다. 내맡겨보기로 한다. 지금 있는 그대로 잘하고 있다고. 나는 그저 호흡할 뿐이라고.

남들은 다 알고 나만 모르는 것

내가 자란 가정 이외에 서랍 속 손톱깎이 하나까지 속속
들이 들여다볼 수 있는 집이 바로 남편이 자란 가정이 아닐
까. 집에서 2~3시간 거리인 시댁에 가면 1박이나 2박을 할 때
가 대부분인데 그때마다 남편이 자란 가정생활을 아주 가까
이에서 엿볼 수 있어 무척 흥미롭다. 그건 내가 자란 환경과
180도 다른 것으로서 이 남자와 내가 다를 수밖에 없는 이유
이고, 또 무엇 때문에 서로에게 끌리게 되었는지의 이유가 될
수도 있겠다. 나의 그것과 자연스레 비교해보며 낯설고 놀랍
고 또 깊이 들어가면 슬픔, 분노, 연민, 우월, 박탈 등 온갖 잡
스러운 감정들이 오가는데, 이제 8년쯤 되다 보니 배울 점은

배우고 인정할 것은 인정하고 버릴 것은 버릴 수 있게 되었다. 내가 이만큼이나 성장한 것이다. 사람이 되어가고 있다는 말 일게다.

시어머니는 모든 집안일을 무척 효율적으로 하시고 집을 윤이 나게 유지하는 것에 대해 크게 어려움을 느끼시지 않는 분이다. 하긴, 뭐든지 쉽게 쉽게 하시는 듯하지만 쉬운 게 어디 있을까. 온유한 성품에 야무지고 정갈한 솜씨를 가지신 나의 시어머니를 마음 깊이 존경한다. 결혼한 지 2, 3년밖에 안된 초보 주부 시절이었는데, 한번은 초여름에 간단히 김치를 몇 가지 담그신다고 함께 재래시장에 들러 장을 잔뜩 봐서 집으로 왔다. 대구분들이신 시댁 식구들은 묵은 김장김치보다 그때그때 버무려 아삭하게 먹는 갓 담은 풋김치 종류를 좋아하신다. 각종 젓갈을 곁들여 맛이 진하게 밴 묵은 김치를 선호하는 친정과 큰 차이점이기에 처음에는 낯설었지만 나도 이제는 갓 담은 김치의 아삭한 식감과 신선한 양념이 어우러진 맛을 알게 되었다.

알타리무 한 단, 열무 한 단, 부추 한 단, 배추 한 통과 간

마늘, 굵은 소금 한 되를 사 와서 싱크대에 죽 늘어놓았다.
아… 이것들 언제 다 한담. 김치 요리에 까막눈이면 보조 노
릇은 제대로 해야지 싶었다.

"어머니 제가 좀 씻어둘게요. 그동안 좀 앉아 계세요"

해놓고는 개수대 앞에 서서 무엇부터 시작해야 할지 막막
하여 꼼지락댔더니 어머니가 나를 밀어내시고 개수대 앞으로
쑥 들어오신다.

"아이고.. 니가 하겠나? 내 금방 한다. 나와 봐라."

어리둥절 자리를 빼앗기고 순순히 물러나 프로의 빛나는
어깨너머로 그저 무력하게 바라보고만 서 있다.

어머니의 작업은 일사불란했고 엄연한 체계가 있는 경이
로운 과정이었다. 먼저 싱크대의 그릇 건조대 같은 것들은 아
래로 치워두고 개수대의 작업공간부터 확보하셨다. 그리고
채반과 양푼을 크기별로 찾아 꺼내 씻어 놓으시고 본격 야채
샤워에 들어간다. 부추는 뿌리 부분의 흙을 털어내는 것 위주
로 꼼꼼히 씻어 가지런히 물이 빠지도록 차곡차곡 놓는다. 알
타리무는 줄기와 뿌리를 칼로 분리하고 줄기를 흐르는 물에
씻어 눕혀 둔다. 감자칼로 깎아서 동글동글 뽀얀 속살을 드러

낸 뿌리무들은 채반에다 모아 둔다. 배추는 아래 밑동을 잘라
내어 잎사귀 하나하나를 씻어 물이 빠지도록 차곡차곡 엎어
놓고. 샤워가 끝나고 도마와 칼의 차례다. 무의 줄기는 5센치
크기로 잘라두고 무는 반을 갈라 세로는 길고 가로는 한입에
끊어 먹기 좋은 굵기로 갈라 자른다. 배추는 두세 장씩 쥐고
손가락 두 마디 크기로 나박나박 썰어 둔다. 순식간에 그 많
은 야채더미들이 갓 씻겨놓은 어린아이들 마냥 반들반들 빛
을 내며 양푼이 마다 수북하다.

　각각의 양푼에 굵은 소금은 거칠게 흩뿌린다. 야채를 살
살 뒤적이며 위도 아래도 골고루 소금이 가도록. 이 작업이
진정 프로다운 멋진 작업인데 정말 궁금했지만, 간절히 알고
싶었지만, '소금을 얼마나 넣어야 해요?' 하는 바보 같은 질문
은 하지 않았다. '적당히'라는 대답이 돌아올 게 뻔하고, 나도
그런 멘트쯤은 많이 들어봤다. 막상 실행할 때 그 '적당히'가
의미하는 바를 몰라서 사달이 나지만.

　고춧가루, 액젓, 새우젓, 마늘 간 것, 소금과 절여놓은 야
채를 버무려 깍두기가 뚝딱, 끓여서 식혀놓은 찹쌀풀 물을 부
으면 물김치가 뚝딱, 양념에다가 물엿만 적당량 추가하면 부

추김치가 뚝딱이었다. 어머니는 각각의 크기에 맞는 그릇에
다 정갈하게 옮겨 담으신다. 아무도 보지 않고, 작은 접시에
덜어 상에 올릴 때는 티도 나지 않는데 어머니는 꼭 통깨를
뿌려 맛깔스러움을 더하신 후 뚜껑을 잘 닫아 김치냉장고에
보관하신다. '아무도 보지 않는데' 이 대목이 나에겐 매우 중
요했다. 고소함을 더하기 위한 것이라면 양념을 버무릴 때 깨
를 넣으면 될 것이고, 시각적인 맛깔을 위한 것이라면 상에
차려낼 때 뿌리면 될 것인데 김치 통에 넣어서 숙성시키기 전
에 위에 뿌린다는 것은 무엇을 의미하는 것일까. 그것은 아마
도 '정갈한 마무리'를 의미할 것이다. 뚜껑을 덮으며 차오르는
뿌듯함도 한몫할 것이고.

　　어머니가 상을 차리실 땐 제일 먼저 밥을 안치고, 미리 한
솥 끓여두신 국을 데우면서 시작하신다. 돼지고기 수육을 하
실 때는 끓는 물에 음나무와 계피 한 조각을 넣고 밥보다 수
육을 먼저 불에 올리신다. 수육이 익어가고 밥이 되어가는 사
이에 정갈한 상이 뚝딱 차려진다는 얘기다. 찌개를 한가지 추
가하실 때도 있고, 재워두었던 불고기나 양념갈비를 금방 익
혀내신다. 그동안 숙주나물이나 미나리나물 등을 슬쩍 데쳐

무치고, 평소 조금씩 담가 두셨던 각종 지들을 종류별로 가지런히 담아내고, 갓 담근 김치 몇 가지만 곁들여내면 아주 훌륭한 한정식 밥상이 차려졌다. 뭐든지 거뜬히 뚝딱이고 보기에 정갈하고 맛은 뭐 말할 것도 없다. 우리 시어머니의 이런 면모를 어깨너머로나마 배울 수 있어서 참 행운이라고 생각한다.

식사 후에 설거지는 주로 며느리들이 도맡아 하는데 어머니는 잠시도 앉아게시지 않고 부지런히 싱크대 아래부터 거실 여기저기를 걸레로 훔쳐내신다. 거실 티브이장도 수시로 닦아내신다. 하루에도 몇 번씩 틈틈이 하시는데 여기서 중요한 철칙은 저녁을 먹고 설거지까지 끝낸 이후에는 집안일을 손에 잡으시는 일이 없다는 것이다. 이 규칙성이 내게 있어선 좀 놀라운데 낮엔 부지런히 건강하게 움직이고, 맛있게 먹고, 짬이 나면 달게 낮잠도 자고, 저녁을 먹은 후, 해가 떨어지고 나면 티브이를 보며 푹 쉰다. 자연의 순리를 닮은 단순하고 건강한 삶이다. 이런 환경에서 내 남편은 평생을 살았던 것이다. 감정의 기복이 별로 없고 스트레스에 강하고 무던하면서 참을성이 많은 남편의 성격 형성의 배경일까. 정말이지 물 흐르듯 자연스럽다.

어머니의 요리는 맛깔나고 정갈했다. 어머니의 집은 소박했지만 항상 반짝반짝 윤이 흐르고 따뜻한 온기가 있었다. 집안일과 정리정돈에 대해 전혀 보고자란 일이 없던 내가 남편이 자란 이 환경을 보고, 시어머니의 작업들을 어깨너머로 보면서 생각한다.

'아... 일상의 모든 것에는 정성이 들어가는 것이구나. 정성을 쏟는 만큼 반짝반짝 빛이 나는구나.'

남들 다 아는 사실을 새삼스럽게 뒷북이다. 너무도 당연한 이치에 순간적으로 소름이 돋는다. 세상은 성공을 위한 일이나, 돈을 벌기 위한 일이나, 목적을 둔 공부를 위한 일에만 정성을 쏟는 줄 알았다. 그만큼 나는 일상을 반짝반짝하게 닦아내며 소중히 살아내는 방법을 몰랐던 것이다. 그렇기에 유유한 일상 속에 치고 들어오는 새로운 이슈가 없으면 불안했던 것이리라. 한 생명을 낳아서 키우는 이 지난한 과정이 그래서 나에게는 버겁게 다가왔던 것이구나. 한 생명의 수족에 불과한 이 일상에, 어떠한 이슈도 허락하지 않는 이 육아라는 것이 그래서 이렇게나 숨이 막히고 고단했던 것이구나. 어쨌든 이 단순한 진리를 지금이라도 알게 되었으니 참 다행이다. 남들은 다 알고 나만 모르는 것들을.

동대문과 피맛골

　　8년 만에 홀로 서울행 열차를 탄다. 친구들도 만나고 서울 이곳저곳을 둘러보며 눈 호강을 좀 해보겠다는 심산이었다. 그동안에 서울이 얼마나 많이 바뀌었는지 뭐든 눈으로 보고 느끼고 싶었다. 그래, 그냥 서울이 그리웠다. 부산으로 내려오기 전, 10년 전 즈음에, 세계적인 디자이너 자하 하디드가 동대문역사관을 설계한다고 해서 온 디자인계가 떠들썩했다. 내가 아이를 낳고 기르는 사이, 동대문플라자(DDP)는 성공적으로 완공되어 세계적인 쇼가 여러 번 치러졌고 자하 하디드는 고인이 되었다. 쇼가 없을 때는 서울시민이 자유롭게 드나들며 재미난 마켓도 열리고 크고 작은 전시가 진행된다고 했다. 그래서 이번 서울행에서 동대문 플라자에 꼭 한번 들르고 싶었다.

지하철을 타고 동대문역에 하차하여 나왔더니 압도적인 규모로 유기체적 디자인의 건축물이 들어서 있다. 건물 내부에 지면보다 낮은 중정이 있고, 중정을 둘러싸고 작은 샵과 전시공간이 즐비하다. 비탈길로 올라가면 건물의 외부 도로변과 맞닿아 도시와 바로 접하도록 설계되어 있다. 지하철역과 건물 내부와 외부, 도시와 건축물 사이의 구분이 모호한 가운데 모두가 자유롭게 드나들며 새로운 동대문을 즐기고 있었다. 그런데 이 허전한 기분은 뭐지. 나는 왜 자꾸 건축물 주위를 두리번거리는지 모르겠다. 사실은 20대 뻔질나게 드나들던 내 낡은 동대문의 풍경을 만나고 싶었는지도 모른다. 그 시절 동대문은 허름한 포장마차가 줄지어 있었고 집집마다 희뿌연 연기와 지글거리는 소리, 구수한 구린내를 풍기며 곱창을 볶아댔다. 밤이 되면 옷 좀 입는다는 멋쟁이들로 제일평화시장, 광희시장 등의 도매시장은 성업했다. 떠들썩했던 길거리 좌판과, 온갖 먹거리와, 전국에서 옷을 떼러 올라온 상인들의 활기가 참 대단했는데. 어느새 싹 밀리고 웅장하고 화려한 미래도시의 모습을 하고 있다.

시간을 보니 슬슬 대학 동기들과의 약속장소인 광화문 D
타워로 가 봐야 한다. 광화문역에 내려서 잠시 교보문고에 들
렀다. 삼청동에서 종로, 종로에서 광화문까지 걷고 또 걷다
가 종착역이 되어 주었던 10여 년 전 나의 그 교보문고다. 내
부는 리모델링을 싹 거쳐서 내가 알던 그 구조와 전혀 딴판이
되어버렸지만. 북적이는 인파에 밀리기도 했고 낯선 구조 덕
에 친구에게 선물할 책 한 권 고르는데 제법 헤매게 되었다.
간신히 책을 한 권 사 들고 거리로 나왔다. D타워? 새로 생긴
빌딩이라는데 교보를 나와서 대로변을 두리번거리다 다행히
바로 옆 건물이라 쉽게 찾을 수 있었다. 이 일대가 모조리 익
숙하고도 낯설다. 잘 지어진 최신식 빌딩 안에 요즘 잘나간다
는 맛집들이 골고루 들어서 있다. 하나같이 처음 보는 낯선
프랜차이즈 레스토랑들이다. 토요일 저녁이라 모두 만석인
가운데 우리는 가까스로 중동음식점 한곳을 예약해 두었다.
반가운 얼굴들이 하나둘 도착했고 보자마자 서로의 손깍지를
끼고 흔들면서 반겼다.

각종 야채와 고기를 토마토소스로 익혀내는 샥슈카와 병아리콩을 으깨 만든 허머스, 피자와 비슷한 피타를 주문했다. 아, 서울에 오니 이런 음식도 다 먹어보는군. 스팸과 시판 토마토소스를 넣어 야매로 집에서 만들어 먹던 샥슈카와는 차원이 다른 깊은 맛의 샥슈카에 전율했다. 각자 사는 이야기를 나누다가 창밖을 바라보니 핑크색으로 저무는 서울 하늘이 참 아름답다. 아... 서울하늘... 하고 감상에 젖으려는 찰나 갑자기 Y가 손으로 가리키며 저기가 종로의 피맛골 자리라고 했다. 인사동 메인 거리에서 옆으로 가지치기 된 골목으로 깊숙이 들어가면 집집마다 고갈비 연기를 피워대던 그 피맛골을 말했다. 다닥다닥 붙은 허름한 판잣집들이 모두 밀리고 반듯하게 새 건물들이 들어섰구나. 1층에 새로 해 넣은 삐까번쩍한 간판들은 대부분 파전과 고갈비와 동동주를 파는 집이라고 알리고 있다. 아... 피맛골의 명맥은 유지하겠다는 그 뜻은 알겠는데.....어쩐지 어색하고 섭섭한 마음은 숨길 수가 없다.

식사를 마친 우리는 어둑어둑한 광화문 거리에서부터 삼청동 초입의 안국역까지 걸었다. 10년 전처럼 주변은 1도 개의치 않고 서울말과 경상도 말을 자유자재로 섞어 쓰며 큰 소리로 떠들어댔고 늘 이야기의 끝엔 엄청난 성량의 폭소로 마무리 지었다. 웃고 떠드는 중에도 자꾸만 쓸쓸함이 맴돈다. 사막에서 물을 찾듯이 '멋'을 찾아 밤새 행거와 좌판을 뒤적거리며 누비던 스무 살 무렵의 혼잡한 나의 동대문 뒷골목은 그렇게 소멸되었다. 낮부터 고갈비에다 동동주를 얼큰하게 걸치고서 나와 한 몸으로 울렁대던 피맛골도 그렇게 싹 밀려 나갔다. 광화문, 경복궁, 시립미술관, 안국역, 인사동, 그 일대를 누비던 나의 20대의 수많은 순간들이 서울의 밤공기처럼 살갗에 스치며 지나간다. 지금 이 순간 4월의 밤공기처럼 선명하게. 서울은 이토록 변하지를 않았는데.... 동대문의 곱창골목과 고갈비를 구워대던 피맛골은 사라졌다.

아줌마의 욕망1

어느 블로그에서 20~30대 글쓰기를 사랑하는 사람들을 모집한다고 공고가 났길래 덜컥 지원했다. 대학가에서 첫 오티를 한다고 해서 갔더니 나를 제외하고 24살부터 32살 미혼의 청년들이 일곱 명 모였다. 나도 30대이긴 한데... 아이 둘딸린 아줌마로서 약간 머쓱하기도 하고. 평소 가까이 대할 일이 없었던 빛나는 청춘들과 함께 무언가에 대해 탐구해 볼 생각을 하니 설렌 것도 사실이다. 벌써 처음 계획된 3개월간의 모임이 절반이나 지났다. 열정적이고 유쾌한 이 청춘들과의 시간이 내게 기대 이상으로 즐겁고 뜻깊다. 매일이 다를 것없는 내 일상에 기다려지는 이벤트 중 하나가 되었다. 오늘은 격주 일요일마다 약속된 글쓰기 모임이 있는 날이다.

　나는 글쓰기 모임에 가고 아이들과 남편은 어린이집 가족 나들이에 참석하기로 했다. 오전 10시부터 두 시간가량의 모임이 끝나고 나면 멤버들은 늘 함께 점심을 먹으러 갔다. 나는 집에 있는 아이들과 남편이 눈에 밟혀서 아쉬운 마음을 뒤로하고 곧장 집으로 돌아오곤 했다. 그런데 오늘… 오늘 나는 자유인이다. 오늘은 청년들과 점심을 함께 할 수 있겠네. 무얼 먹으면 좋을까. 이번에도 대학가로 가려나? 지난번 오티 때 처음으로 가 봤던 그쪽 대학가 참 좋던데. 아니지, 날씨가 이렇게 좋은데 바닷가에서 간단히 피크닉을 하자고 하면 어떨까? 그래 그게 좋겠다. 내친김에 돗자리랑 이것저것 챙겨 봐야겠다. 음, 이왕이면 바다를 바라보며 스파클링 와인을 나눠 홀짝거릴까? 가만, 가만, 김치냉장고에 스파클링 와인 두 병 꺼내고, 오랫동안 사용하지 않았던 보랭 피크닉 가방을 찾아다 와인을 가지런히 담는다. 스파클링은 차가움이 생명인데… 소중한 냉기를 보전하기 위해 냉동실을 뒤져 나뒹굴고 있는 얼음 팩도 하나 넣어준다. 그렇담 올리브 통조림도 하나 챙기고 방울토마토도 씻어 담아가야지. 현장에서 김밥이나 치킨 정도만 주문하면 끝. 즐거운 주말 피크닉 준비 완료. 아!
참, 참, 선글라스도 챙겨야지. 바다의 햇빛에 잔뜩 못생겨지
지 않으려면.

아침부터 아이들 여벌 옷과 도시락 챙기랴, 피크닉 준비
하랴, 화장하랴, 노트 챙기랴, 분주한 나를 보고 남편이 놀려
댄다. 정신없이 바쁜 와중에 뭔가 신명을 주체하지 못하는 것
같다고. 어, 맞아. 제대로 봤어-. 엇, 이렇게 준비했는데 혹시
나 청년들이 각자 일이 있다고 하면 어쩐담... 할 수 없지 뭐.
혼자 먹으면 되지. 뭔 걱정이야? 그런데 오늘은 왜인지 성공
적인 피크닉이 될 것만 같다. 흐훗-

"안녕, 사랑하는 꼬마들 재미있게 놀다 와. 엄마 공부하
고 올게."

아이들보다 먼저 집을 나섰다. 발걸음이 가볍다. 차 트렁
크에 피크닉 박스와 돗자리를 고이 싣고 글쓰기 모임으로 출
발한다.

오늘도 모임은 진지하고 즐거웠다. 우리는 이상하게도
자기 글을 대할 때 보다 타인의 글에 더 예리해진다. 주고받

는 그 예리한 지적으로 각자의 글은 더 정교해질 것이다. 또 좋은 글이란 무엇인가에 대해 누군가 발표를 하고 함께 되새기며 공감했다. 집에서 나를 기다리는 누군가가 없으니 마음이 더없이 가볍고 그 시간이 온전히 즐거웠다. 트렁크의 스파클링 와인이 중간중간 떠올라서 인지도 모른다. 모임이 끝나고 누군가가 점심을 함께하자는 말이 떨어지기를 기다렸다. 그러나 기다리던 말 대신 이 자리에서 곧바로 출판사 서포터즈 모임이 있을 거라고 하는 말이 들려왔다. 멤버 대부분이 서포터즈로 활동하고 있다. 아차, 망했다. 그러나 다행이다. 내가 먼저 피크닉을 제안하지 않아서. 휴- 잠자코 기다리길 참 잘했다.

"오늘 좋은 시간이었어요. 주말 잘 보내요."

쿨하게 인사하고 뒤돌아섰지만 내 마음은 무겁게 하강한다. 트렁크 안에 피크닉박스도 무겁게 자리 잡고 있다. 아줌마는 그저 좀 놀고 싶었을 뿐인데.

차를 몰고 집으로 돌아오면서 남편에게 문자를 했는데 한참이나 답이 없다. 전화를 걸어본다. 아이들과 야외놀이에 바쁜지 신호 연결음이 오랫동안 계속된다. 좀 더 시무룩해지려

는 찰나에 남편의 목소리가 반갑다. 전화기 너머로 아이들이
재잘거리는 소리도 더없이 사랑스럽다. 내 새끼들.

"여보세요?"

"응, 애들 잘 놀아?"

"어, 잘 놀지. 어디야? 피크닉 재밌어?"

"어, 자기야.... 나 똥 됐어........."

보수동 책방골목에서

너 : 사방이 오래된 책들로 둘러싸인 공간에서 마시는 커피는 뭔가 더 특별한 것 같아.

나 : 그러네. 여기... 시간이 켜켜이 내려앉았어. 오래된 책 냄새도 좋아.

너 : 요즘 어떻게 살아?

나 : 요즘은... 맨날 똑같지. 나 사실 말야. 인간들이 지긋지긋해.

너 : 왜? 무슨 일 있어?

나 : 아니… 아이 하나 잘 키워 보겠다는 건강한 철학을 가지고 모인 사람들이라고 생각했는데. 이 조직이란 게, 인간들이란 게, 사람 사이 관계란 게, 참.. 오해하고 상처받고 상처주고 난리도 아니야. 내가 상처를 받는 줄로만 알고 있었는데, 나중에 보니 나 역시 상처를 주는 입장이기도 했더라고. 상처받고 힘들어서 허우적거릴 때만 해도 견딜 만했어. 근데 내가 가해를 하기도 했다는 그 지점에서 완전히 무너지는 거야. 다 때려치우고 싶을 정도로 회의가 들어. 사람을 좋아하고 사람을 대하는 시간들을 소중히 여겼다고 자부하는데, 지난 내 열정들이 다 쓰잘데기 없는 것처럼 느껴지기도 하고. 나 좀 멍청한 것 같아. 하여튼 간에 어우! 진절머리난다, 진짜.

너 : 그래. 사람들이 모이면 늘 문제가 생기는 것 같아. 진심이 어찌고저찌고하는 건 안중에도 없을 만큼 말이지. 쩡이랑 나는 예민해서 사람도 잘 보는 편인 것 같은데 또 사람한테 잘 속고 상처도 잘 받는 것 같네. 나도 그래. 아주아주 믿고 의지했던 사람에게서 실망스런 부분을 발견할 때가 있어.

그래서 요즘은 힘들더라구.

　나 : 아! 네가 좋아했던 그 사람? 무슨 일 있어?

　너 : 아니... 누군가를 근사하고 훌륭한 사람이라고 생각했고 내가 무척 따랐는데, 그게 아니었을 수도 있는 것 같아서. 요즘은 약간의 거리를 두고 있던 참이야. 그렇지만 그녀를 여전히 아직도 많이 좋아해. 배울 점도 많고 말이지.

　나 : 음... 어떤 점이 훌륭하고 어떤 점이 실망스럽다는 거야?

　너 : 똑똑하고 친절하고 사려 깊어서 사람들을 쉽게 자기 편으로 만들어. 실제 아주 매력 있는 사람이지. 그런데 그 힘으로 때로는 자기 유리한 쪽으로 주변 사람들의 여론을 만들어 가. 자기방어가 아주 능수능란하달까. 자신이 다칠까봐. 어느 순간에 그런 부분에서 내가 조심해야겠다는 생각이 들더라고. 내가 누군가를 겪어내고 판단하기 이전에 그녀의 생각에 지배당하는 일이 많았던 것 같아. 그런데 말야. 남한테

잘하고 타인에게 인정받으면서 관계에 있어서 달인이기도 하지만, 무엇보다 그녀는 자신을 지키는 일이 최우선이더라고. 그런 점에서 배울 점이 많아. 늘 바보 같은 너랑 나한텐 없는 현명함이잖아. 이 바보야. 하하하

　　나 : 동의해. 이 바보야. 흐흐흐. 그래... 그렇구나. 그런데 그는 우리보다 오래 살았고, 또 직업적으로 많은 사람들을 대하면서 경험치가 많잖아. 상대적으로 사회생활 경험이 없고, 그나마 이 협소한 이 취향에 맞아떨어지는 이들만 골라서 만나오던 우리는 당연히 늦을 수밖에 없지 않을까? 멍충한 우리들도 지금 세련의 과정 중에 있다고 봐. 내가 인간들이 지긋지긋하다는 말 말야. 내가 여기서 겪는 많은 관계들 속에서 상처받았지만 분명 배운 점이 있고 그것을 통해서 최소한 나 자신은 지키겠다는 결론 아닐까? 진짜 지긋지긋해서 다 버리고 산속으로 들어가겠다는 의지는 1도 없잖아. '진절머리난다.' 이 말의 속뜻은 '더 이상 맹목적으로 좋아서 헤헤거리며 쫓아다니다 애먼 상처 입지 말고 나 자신부터 돌보자' 이쯤으로 해석해야 할 것 같네. 그러니까 나는 지금 부딪히고 상처받고 또 배우고 돌아보며 한 단계 성숙하고 있다는 말이겠지?

너 : 그 말이 맞는 것 같아. 난 뭐든 늦되니까. 관계도 마찬가지일 수 있겠다. 나도 지금 이렇게 성숙 중인 거겠지?

나 : 그래 그렇게 믿어. 나는... 관계고 사람들이고 뭐고 다 한 발짝 물러나서 일단 내 삶을 좀 꾸려야 되겠다는 생각이 든다. 일단 내 작은 딸을 더 따뜻하게 품어 주는 게 목표야. 음!

너 : .... 그런데 정. 너는 너조차 따뜻하게 품지 못하잖아. 너는 예술이나 학문이나 모든 분야, 모든 타인을 인정하는 데 인색하지만 그중에서도 너는 너 자신에게 가장 인색해. 그거 알아?

나 : .... 어.... 그러네. 나는 좀 그래. 그렇지. 나는... 나를... 인정하지 못하는 경향이 있지. 따뜻하게 품질 못하지.... 그래... 나를 사랑해주는 게 선행되어야겠구나............

너 : ....

나 : ………………………. 너 커피 다 마신 거면 우리 그만 일어설까?

너 : 그러자. 아이들 데리러 가야지? 곧 차 막힐 시간이네.

북악터널

"지금보다 어렸을 때의 정이는 내면의 뜨거움 때문에 힘들어했던 것 같다. 그때는 보글보글이 아니라 '부글부글' 끓고 있었을지도 모른다. 자신이 발붙이고 서 있는 현실에서 본인에게 내재한 그 뜨거운 열기를 어떻게 발산할 수 있을지 방법을 찾느라 많은 고민과 시도를 했었던 것 같다."

대학 친구 말쑥이에게서 온 뜻밖의 편지글을 읽다가 이 부분에서 문득 북악터널을 떠올렸다. 성북구 정릉동 소재인 학교 정문에서 버스를 타고 2.9km 길이의 북악터널만 하나 통과하면 종로구 평창동에 이를 수 있다. 강북중에서도 정릉동은 개발이 덜 되어서 동네 전체가 예스럽고 더러는 낙후된 곳이었다. 학교 후문으로 내려가면 드문드문 자취생을 타겟으로 한 신식 원룸 건물이 들어서곤 했지만 원주민의 집들은 하나같이 단층 양옥타입이거나 아직 슬레이트 지붕의 주택도 드문드문 눈에 띌 정도였다. 정릉동이 영화 〈건축학 개론〉의 배경이 된 이유도 아직 그 예스러움이 잘 남아있어서가 아닐까. 그런데 북악터널을 통과해 버스 한 정거장만 지나면 같은 북한산 아래의 언덕 지형이지만 전혀 다른 세상이 펼쳐진다. 평창동은 땅의 기운이 남다르다며 사업가나 정치인들이 선호하는 동네라고 들었다. 학생인 나는 발도 한번 못 들여 본 고급스러운 고깃집이나 한정식집이 성업했다. 김종영 갤러리, 가나아트센터와 같이 권위 있는 갤러리와 아기자기한 소규모 갤러리들도 심심치 않게 만날 수 있었다. 2.9km의 터널 하나를 사이에 두고 180도 달라지는 분위기를 넘나드는 재미가 그맘때 나에겐 아주 특별한 것이었다.

  강의가 끝나고 한가한 오후에, 저녁 아르바이트마저 없는 날이면, 혼자서 북악터널을 지나 평창동을 산책하곤 했다. 드높은 담장 밖으로 흘러넘치는 정원수와 정교하게 장식된 대문 앞을 서성거리면 목소리만 들어도 커다란 덩치와 기품이 그려지는 개가 컹컹컹- 하고 짖어대 심장을 바싹 얼어붙게 하곤 했다. 주택 사이 2차선 도로로 고급세단만 종종 지나다닐 뿐 발품 팔아 걷는 이가 드문 동네다. 제일 뒤로는 북한산이 병풍처럼 빙 둘러서서 이 거대한 주택들을 너그럽게 품고 있는 형세에 입이 딱 벌어진다. 언덕배기를 무심코 걷다가 다리가 뻐근하게 당겨올 때 즈음, 이마에 송골송골 맺힌 땀을 닦으며 뒤를 돌아보면 생각지 못한 평창동의 풍경을 만날 수 있다. 아래가 훤히 내려다보이고 북악터널에서 부암동까지 이어지는 4차선 큰 도로까지 내려다보이기 때문에 속이 다 시원했다. 북한산을 마주하고 보아도 뒤돌아 동네를 내려다보아도, 이러나저러나 평창동은 내겐 좋은 영감을 가득 안겨다 주었다. 언제나 기품이 흘러넘치는 이 동네가 좋다.

4월의 화창한 봄날, 교양수업이 끝나고 평창동에 올라 사방을 바라보며 크게 들이쉬고 깊이 내쉬고 싶어졌다. 내겐 그저 심호흡이 필요했다.

'북악터널을 걸어볼까? 버스 한 정거장 거리인 걸 뭐. 까짓. 그래! 저 깊고 까만 동굴을 두 발로 걸어 돌파하고 말리라.'

　이상한 오기였다. 별일 아닌 듯하면서도 무섭고도 재미있을 것 같았다. 학교 정문 앞 버스정류장을 중심으로 바글바글한 학생들을 뒤로하고 혼자 인적이 없는 터널 쪽으로 향했다. 터널을 앞두고 무심코 쌩쌩 달리는 자동차들을 빼고는 완전히 혼자가 되었다.

　'자, 아귀를 벌린 뱀의 목구멍 속으로 발을 들여볼까나.'

　호기롭게 성큼성큼 내딛다 보니 벌써 5m쯤 들어왔을까. 그런데 아차, 차를 타고 터널을 통과할 때는 느끼지 못했던 엄청난 굉음과 먼지와 암흑이 나를 집어삼킬 것 같았다. 걸음이 저절로 멈추었다. 지금이라도 뒤돌아가야 할지 망설였다.

　'괜찮아. 끝이 있는 터널일 뿐인걸. 조금 더 가보자.'

　긴 터널 천장에 일정 간격으로 배치되어 돌아가고 있는 환풍구의 소음은 생각보다 어마어마한 것이었다. 매캐한 자동차의 매연과 함께 내 육신도 딸려 올라가 저 무시무시한 프로펠러를 통과해 산산 조각이 나서 까만 먼지가 되어 흩어져버릴 것 같았다. 연이어 지나가는 자동차의 진동과 소음도 말할 것이 없었다.

　'여긴 지옥이다. 되돌아 나갈까?'

뒤돌아보니 가야 할 길이나 걸어온 길이나 거기서 거기다. 이러지도 저러지도 못하고 검은 소굴의 중심에 서서 정신이 혼미하고 다리가 후들거렸다. 그때였다.

"빠아앙------"

신경질적인 경적 소리가 내 심장을 관통한 것만 같았다. 시꺼먼 매연을 내 얼굴에 가득 흩뿌리며 버스가 한 대 빠르게 지나간다. 운전기사가 터널 안에 어떤 미친 이가 걷고 있는 것을 보고 놀란 것인지, 위험을 경고 한 것인지, 어쨌든 신경질이 잔뜩 났나 보다.

'아... 밝은 세상으로 다시 나가고 싶다. 이거 끝없이 이어지는 악마의 터널 같은 건 아니겠지, 설마'

죽어서 저세상으로 가는 길이 이런 형태일까. 지옥이 이런 느낌일까. 생과 사의 경계지점에 있는 것 같기도 하다. 내가 걷고 있는 것인지 터널이 꿈틀거리는 것인지 감각이 무뎌진다.

'피식-'

뜬금없이 실소가 터진다. 외롭고 두렵고 고통스러운 이 와중에 미미한 희열이 한 줄기 스치기에. 등골 사이로 식은땀이 주르르- 흐른다. 혼란했던 나의 20대가 말쑥이의 편지글

속에서 간단하게 몇 줄의 문장으로 정리되었다. 그래 맞아, 그때의 나는 걸어도 걸어도 끝나지 않는 북악터널을 걷고 있었지. 다시 말쑥이의 편지글을 이어서 읽는다.

"지금 너는 그때의 정이보다 안정되어 보인다. 스스로 그 열기의 정체를 파악하고, 그 뜨거움이 자신을 태우지 않게 품어 내는 방법을 알아낸 것 같다. 너의 지혜로운 짝과 네 자신을 비춰보게 되는 아이들이 큰 역할을 한 것이라고 본다."

그래, 나는 이제야 비로소 북악터널의 반대편 끝에 다 닿았구나. 따뜻한 4월의 햇볕, 살랑살랑 코끝을 간질이는 봄바람, 꽃내음, 맑은 공기, 쾌청한 하늘, 내가 사랑하는 평창동이 바로 눈앞에 있다. 자, 이제 언덕을 오르자.

시엄니와 딸기주

늦은 봄이면 단물 빠진 철 지난 딸기가 넘쳐나는 고장에서 시어머니는 딸기잼을 끓이시다 못해 딸기청을 담으셨다. 초여름에, 하얀 설탕에 재어 청이 맑게 잘 나왔다고 하시며 얼음 동동 띄워 딸기 주스라며 내어주신다. 발효가 시작되었는지 슬쩍 시큼한 맛이 감돌았다. 무더운 여름을 견디고 짙은 가을이 되니 청은 술이 되었다더라. 가을에 찾아뵈었더니, 소주잔에 반 잔을 따라 내미시며 맛이 괜찮으면 가져가라 하신다. 꿀꺽- 아이고 반가워라. 집 뒤 베란다에 나뒹구는 탄산수와 섞어 먹을 생각을 하니 나도 모르게 침이 고이는군. 집에 돌아와 실현해 보니, 이런! 매우 훌륭하잖아. 달콤하고 향긋

하다. 한때 인스타를 달구었던, 호가든 로제보다 편안하고 은은한 것이 훨씬 나은 맛을 낸다. 음- 시엄마를 닮았다. 딸기주 같은 당신.

　잘 모르시겠지? 내가 많이 좋아한다는 걸. 그녀의 소박함, 그럼에도 화려한 솜씨, 놀라울 수준의 집안일의 체계, 따뜻함과 냉정, 그것들 사이의 조화로움. 담담히 일상을 지켜내는 힘, 매일을 반들반들 윤이 나게 닦아내면서도 지켜내시는 그 여유를 말이지. 어머니! 딸기주 맛있습니다.

홍콩 파이브

8년 만에 홀몸으로 서울행 열차를 탄다. 내 20대 자체라고 해도 과언이 아닌, 서울과 홍콩 파이브를 만나기 위해서다. 대학 동기 5명이 졸업 후 각자 돈벌이를 하게 되면서 홍콩 여행을 위한 계를 붓기로 했다. '홍콩 파이브'라는 이름으로 은행 계좌를 만들고 한 달에 10만 원씩 꼬박 일 년을 모아서 홍콩에서 쇼핑도 펑펑하고 멋들어지게 브런치도 하자고 꿈에 부풀어 있었다. 홍콩 파이브의 이름은 미국의 건축가 그룹 '뉴욕 파이브'에서 따온 것인데, 1970년대 초 미국의 아이비리그 출신의 젊은 건축가 5인이 모더니즘의 본질과 유럽전통으로서의 복귀를 추구하고자 전시, 출간, 작품 활동, 등을 했던 건축그룹이다. 구성원이 5명이라는 이유로 뉴욕 파이브의 이름을 따온 것이다. 우리도 패션의 본질과 새로운 라이프 스타일을 추구하는 디자인 그룹 아니냐며 우스갯소리를 나누기도 했지만. 지금 생각해도 부끄럽기 짝이 없는 명명이다.

다들 어엿한 직장인의 몸이니 한 달에 10만 원 정도야 거뜬할 거라 생각했다. 하지만 사회초년생에게 돈 10만 원은 쉽지 않았다. 두세 달은 무리 없이 돈이 거둬지는 듯했지만 그 뒤부터 너도 나도 입금이 늦어지고 급기야 빵꾸를 내기 시작했다. 다들 생활비가 모자라 쩔쩔매는 상황이었다. 신입사원으로서 갖추어야 할 것도 많고 다들 지방 출신이라 방세와 공과금을 처리하다 보면 홍콩의 꿈은 멀어질 수밖에 없었다. 급기야 6개월째가 되어 입금했던 돈은 각자의 계좌로 환급하고 통장은 폐쇄되었다. 졸업하고 취업만 하면 장밋빛 미래가 기다리고 있을 줄 알았는데, 홍콩 파이브의 통장환급과 함께 알고 있었는지 모른다. 우리 인생은 우리가 꿈꾸던 대로 되지 않는다는 것을.

홍콩 파이브가 새로 이사한 H의 집에 둘러앉았다. 아기가 있어 장거리 이동이 불가능했던 나를 배려해 몇 년간 늘 부산에 있는 우리 집에서 모였었는데 오늘은 서울 한복판이라 감회가 새롭다. 10년 전에 M과 나는 연달아 연애에 실패하고 집 앞의 작은 호프집에 마주 앉아 술잔을 부딪치며 약속했었다.

"우리 절대 결혼 따위는 하지 말자. 남자고 뭐고 다 필요 없어."

"맞아. 일로 성공하고. 그냥 막, 인생을 즐기겠어. 나 자신을 가장 사랑하는 골드미스가 되자."

"야, 혈서 쓰자, 혈서."

우리는 손가락을 깨물어 혈서 쓰는 시늉까지 해댔다. 손재주가 좋고 가정적인 성격의 Y는 늘 말했다.

"나는…… 풍요로운 집에 일찌감치 시집갈 거야. 디자인이고 뭐고 그냥 살림만 하고 살 거야. 매일 같이 일품요리를 하고, 집을 치장할 거야. 사모님 놀이는 누구보다 잘할 자신 있다."

H는 핀란드에서 공부를 끝내고 그곳에서 정착할 거라 했다.

"나 여기서 공부 끝나고 한국의 취업 시장으로 돌아갈 거 생각하니까. 눈앞이 깜깜해. 적게 벌어 적게 쓰는 게 당연한 이곳의 소소한 문화와 여유가 좋아. 한국은 뭐든 치열하잖아.

한국에서의 직장생활, 결혼, 육아.... 아, 생각만 해도 끔찍
해."

우리 중 가장 소박한 현실주의자였던 W는 우리가 원대한
꿈을 그릴 때 늘 담담히 말했다.

"난 보통의 삶의 살고 싶어. 결혼하고 아이 둘 낳고 그냥
그렇게 사는 거. 그런데 아이가 생기면 일은 관두고 싶다. 그
게 내 꿈이야."

우리의 예상과 바람은 모두에게 빠짐없이, 깨끗하게, 비
켜 나갔다.

영국에 살면서 한국에 잠깐 들어온 M은 타국에서의 외로
움과 독박육아의 고충에 대해 역설했다.

"인종차별이 없다고 말 못 하겠다. 아이도 그에 대해 힘
들어하는 부분이 있고. 영국에서 살면 좀 다를 줄 알았는데...
사람 사는 건 똑같아. 이렇게 외로우려고 기를 쓰고 영국에
왔나 싶다."

골드미스가 되자며 나와 같이 혈서까지 쓸 뻔했던 그녀는
우리 중에 두 번째로 결혼했고 제일 먼저 엄마가 되었다. 누
구보다 일찍 주부가 되고자 했던 Y는 뒤늦게 대학원에 가서

새로운 영역을 공부를 했다. 그리고 생각보다 결혼상대자를 만나는 일은 쉽지 않았다.

"글쎄, 결혼은 꼭 해야 하나 싶어. 이젠 결혼에 대한 감흥도 없달까."

H는 복지와 여유의 나라라는 핀란드도 한국과 다름없이 사람 사는 곳임을 깨닫고 공부가 끝난 후 한국행을 결정했다. 한국에서 대기업에 성공적으로 취직했고 싱글로서는 전혀 새로운 이슈가 없어 오히려 문제인 상태였다.

"난 회사-집, 회사-집의 삶이야. 일은 뭐 늘 넘쳐나서 고된 것에는 이력이 났고. 회사에서 비위 맞추면서 먹는 점심은 체하지 않으면 다행이고, 의미 없는 상사의 농담에 멍청이처럼 그저 웃으며 맞춰준다. 결혼도 잘 모르겠고…"

소박한 가정주부를 꿈꾸던 W는 우리나라를 대표하는 가구회사의 어엿한 과장님이 되었다. 아이가 생긴 후에는 전업주부를 꿈꾸던 그녀는 회사 1층에 마련된 어린이집에 첫 아이를 맡기고 둘째를 가져서 산만한 배로 여전히 열일이다.

"갑작스러운 임신이긴 한데. 회사에서 대놓고 싫어해. '임신해서 일 효율 떨어지는 여자'라고 찍혔다니까. 나 참, 둘째 가진 게 그렇게 큰 잘못이니."

슈퍼 골드미스가 되겠다고 남자나 결혼이나 다 부질없다
고 큰소리 뻥뻥 치던 나는 우리 중 가장 먼저 결혼을 했다.

"일하는 님들이 진심 멋있고 부럽다. 하하. 나는 정말 별
거 없어. 매일 아이들과 부대끼면서 정기적으로 열폭하는 것
같네. '월간 미친년'을 따박따박 찍고 있지. 사랑이 가득한 엄
마이고 싶은데… 그게 왜 이렇게 어렵다니. 참 씁쓸하다. 씁
쓸해."

우리는 몇 날 며칠 디자인을 고민하고 모형을 만들며 함
께 밤을 새웠다. 아침이면 핏기 하나 없이 비실거리며 머리를
맞대고 배달된 동태탕을 후루룩거리던 우리. 동대문을 뻔질
나게 드나들며 멋을 한껏 부리고 대학로 바닥을 비틀비틀 쓸
고 다니며 청춘을 소비했던 우리. 남자한테 차여서 한 놈이
울면 넷이 함께 펑펑 울던 우리. 울다가 갑자기, 그딴 새끼 다
필요 없다며 당사자보다 더 핏대 세워 공중에다 욕을 날리던
우리. 없는 돈에 세계 곳곳을 여행하고 전시장을 쫓아다니며
탐구하고자 했던 우리. 멋지고 화려한 미래를 꿈꾸었던 우리.
나를 키운 건 팔 할이 홍콩 파이브였다. 20대 때 그리던 아름
답고 풍요로운 우리의 30대는 대, 대체, 어, 어디로 갔을까?

응?

　걸어 다니는 나의 20대, 나의 청춘들아! 그리고 나의 서울! 우리 생각했던 것과 많이 다르게 살고 있지만 이렇게라도 한데 모이고 이야기 나눌 수 있어서 참 좋다. 우리 맘대로 손에 잡히는 것 하나 없고 모든 것이 변하고 흘러가지만, 함께 웃고 그리워하고 또 꿈꿀 수 있어서 감사하고 좋구나. 홍콩 파이브! 우리 40대에는 꼭 함께 홍콩에 가자. 미친 듯이 쇼핑하고 분위기 있게 브런치 하자. 꼭.

비워내야 새봄을 채운다

이틀 내내 내리치던 봄비가 걷혔다. 하늘을 수놓던 하얀 꽃송이도 모두 걷히고 걸음걸음마다 공중에서 낱낱의 꽃잎 잔치가 벌어진다. 봄비와 함께 찾아온 발악 하듯 기승을 떨치는 추위가 가시고 나면 본격적인 봄이 시작된다. 집안에도 긴 겨울의 흔적을 비워내고 새봄을 들일 때다. 청소와 정리에 소질이 하나도 없는 내가 이 계절만큼은 부지런히 움직인다. 비워야 채우니까.

앞뒤 베란다 바깥 창문을 활짝 열어젖힌다. 베란다 청소에는 추리닝 바지를 동동 걷어 올리고 맨발 차림이 제격이다.

베란다 한쪽 창고를 뒤적여 정리를 한다. 크리스마스 장식 따위는 창고의 가장 안쪽으로 수납하고 아이들 물놀이용품과 선풍기는 꺼내기 좋게 바깥으로 배치한다. 베란다에 방치된 아이들 자전거와 빨래 건조대, 자질구레한 것들을 한쪽으로 치워두고 창틀에 낀 먼지를 물티슈로 닦아낸다. 긴 호스를 풀어 수도를 틀고 베란다 끝부터 빗자루로 물과 함께 쓸어낸다. 겨우내 묵은 먼지와 노란 꽃가루가 물에 휩쓸려서 하류로 동동 흘러난다. 빗자루질을 반복하면서 반대편 베란다 끝 하수구까지 쓸어 낸다. 먼지와 뒤엉킨 머리카락은 건져내 쓰레기통에 버리고 다시 처음 시작한 베란다 끝부터 마른걸레로 물기를 닦아 제거한다. 베란다 전체가 반들반들 윤이 나고 열어둔 창으로 맞바람이 치면서 봄의 공기가 온 집안에 드나든다. 어우, 속이 다 시원하다.

침실로 향해 두꺼운 겨울 이불을 다 걷어낸다. 겨울의 기운이 여태 남아 정전기를 마구 튀겨 내는 극세사 이불을 차례로 세탁기에 넣어 돌린다. 전기장판은 접어서 제 박스에 넣어 창고행이다. 이불장에서 간절기용 차렵이불을 꺼내어 침대에 깔아주고 베개커버도 모두 새것으로 교체한다. 침대에도 보송보송한 봄이 내려앉았다. 이참에 이불장을 뒤적어 매의 눈에 걸린 낡은 이불과 베개 솜 몇 가지를 버리기로 결심하고 한쪽 구석에 쌓아둔다. 아, 상쾌해.

집 앞 마트에서 4800원을 주고 사 두었던 100리터 쓰레기봉투를 채울 차례다. 버리려고 내놓았던 이불가지를 돌돌 말아 주워 담는다. 아이들의 나이에 맞지 않는 장난감과 다리 한 짝, 팔 한 짝을 잃은 망가진 장난감들도 주섬주섬 담는다. 화장대와 잡동사니 서랍장도 열어본다. 오래 방치되어 제 기능을 할까 의심스러운 향수들과 화장품들을 모조리 쓸어다가 버린다. 부엌의 그릇장도 열어보니 엉망이다. 뚜껑과 몸체가 따로 뒹구는 반찬통들, 오래되어 착색된 스테인리스 냄비, 낡아 잔뜩 기스가 난 물통, 몇 년째 사용하지 않는 접시들... 둘까 말까 고민하는 것들은 과감히 버리는 쪽을 택한다. 티가 잘 안 나지만 집안 곳곳은 분명히 비워지고 100리터 봉투는 점점 배가 차오르고 있다. 덩달아 차오르는 이 뿌듯함.

냉장고를 열어본다. 하아... 한숨 한번 쉬고 시작하자. 오래된 음식들을 음식물쓰레기통에 탈탈 털어 비우며 나의 나

태와 건망과 과욕을 대면한다. 냉동실의 상황도 빠지지 않는
다. 음식 낭비를 줄이겠다고 봉지봉지 소분하여 냉동실행을
택했건만, 오랫동안 세상의 빛을 못 본 정체 모를 덩어리들을
조심스레 꺼내어 안녕-하고 인사한다. 무엇이 진짜 음식 낭비
인가. 무거운 죄책감이 짓누른다. 그 와중에 비워지는 냉장고
를 보면서 덩달아 마음은 맑아진다. 그렇지만 반성하고 다짐
하는 것도 잊지 않는다. 새봄에는 좀 더 현명해지자고. 부지
런해지자고.

　꽃피는 3월이라도 겨울의 기운이 더 강세였다. 봄비가 그
친 뒤로는 더 이상 두꺼운 외투를 여미고 움츠릴 필요가 없으
니 옷장과 서랍을 갈아치울 차례다. 서랍을 열어 니트나 기모
안감의 옷들은 잘 개켜 깊숙한 옷장으로 들어가고 세탁소로
향할 겨울 코트와 점퍼들을 꺼내 대기시킨다. 그러다 올겨울
에 한 번도 입지 않았던 코트 두 개와 청바지 두 장, 니트 몇
개를 발견하고 멈칫한다. 묵은 냄새가 밴 구깃구깃한 봄여름
옷에서도 마찬가지다. 아가씨 시절에 큰맘 먹고 6개월 할부
로 산 질 좋은 것들인데. 언제가 입게 되겠지. 아니면 그냥 버
리기엔 아까우니 꼭 어울리는 누군가에게 주어야지 하고 둔

옷들이다. 몇 년 전부터 불어난 내 몸매와 크게 달라진 옷의 트렌드를 인정하면서 그때그때 많이 비워냈다고 생각했는데. 여전히 미련을 버리지 못하고 마지막까지 남아 있었던 옷들을 마주하게 된다. 나의 사랑을 듬뿍 받았던 시절과 몇 년간의 장롱 신세까지 치면 10여 년을 품고 있었던 옷들이다. 몇 년째 세상 빛 한번 보지 못하고 안쪽 장에서 바깥쪽 장으로 위치만 바꾸면서 송장처럼 존재하는 옷들이라면 질이 좋고 가격이 비싼 게 다 무슨 소용일까. 옷걸이가 덜렁덜렁 무안해지도록 거칠게 옷을 뽑아서 현관 앞에다 던져둔다. 결단의 손길이다. 새로 꺼낸 봄여름 옷가지들 속에서도 올해도 입지 않고 겨울 옷가지에 밀려 다시 서랍 속에 처박힐 것들을 매의 눈으로 살핀다. 버려질 옷들이 점점 쌓인다. 커다란 비닐봉투를 찾아서 현관에 쌓인 옷가지들을 주섬주섬 주워 담고 양 손잡이를 당기며 발바닥으로 힘껏 눌러준다. 곧바로 슬리퍼를 끼워 신고 비실비실한 흩날리는 꽃눈을 맞으며 헌 옷 수거함을 향해 비장하게 걷는다. 옷가지들을 꺼내 수거함의 좁은 입구 속으로 하나하나 밀어 넣는다.

'안녕- 한때 사랑에 빠졌던 내 코트야. 마법의 청바지야. 엘레강스했던 니트야. 잘 가라.'

비어있는 철제수거함에 묵직한 겨울 옷가지들이 떨어지며 둔탁하고 깊은 울림을 낸다.

"퉁- 퉁-"

아, 시원섭섭한 소리.

비워낼 것이 베란다의 묵은 먼지, 쓸모가 없어진 낡은 물건들, 오래된 옷가지뿐인가. 내 안에 품고 있던 낡은 관습과 관념들도 마찬가지다. 작년 하반기는 유난히 몸도 마음도 아팠다. 삼십 대의 사춘기가 온 것인지 세상의 모든 관계가 견디기 힘들 만큼 아팠다. 잔뜩 앓고 나서 깨달은 것은 단 한 가지. 엄마로서의 나, 아내로서의 나, 딸로서의 나, 이웃사촌으로서의 나로 열심히 살았을 뿐, 그중에 나로서의 나는 없었다는 것이다. 이제 나로서의 나로 살기 위해 내 안에 낡은 것들은 비워내야 한다. 악습, 낡은 관념, 분노, 슬픔, 수치, 미움, 고통, 원망들을 말이다. 내게 익숙해서 자각하지 못하고 알았다 한들 버리겠다고 쉽게 결단내리지 못했는지도 모른다. 이 케케묵은 것들을 물청소와 함께, 100리터 쓰레기봉투에, 헌옷 수거함에, 우리 집의 철 지난 겨울의 기운과 함께 쑤셔 넣어 버리겠다고 결단한다.

'안녕, 나를 아프게 했고, 또 나를 살게 했던, 내 안의 낡은 것들아. 잘 가-'

봄비가 내린 후, 묵은 겨울을 비워내야 새봄을 채운다.

아줌마의 욕망 2

청년들과 함께하는 글쓰기 모임에서 다가오는 주말에 술
자리를 가진다고 했다. 이 설레는 기분은 뭘까? 몇몇 가족이
모인 자리에서 술을 한 잔 걸치고서 자랑을 늘어놓았다.

"나 말이야. 다음 주말에 청년들과 술 약속이 있어. 젊은
이들의 거리 B 대학가 알지? 거기서 만난대. 아~~ 청년들이
노래방을 간다고 하면 나 어떡하지. 8년 동안 한 번도 안 가
봐서 최근 노래방예절 따위 잘 모르는데."

잔뜩 흥이 나서 주절거리는 나를 보고 한 엄마가 묻는다.

"이야~ 좋겠네. 그런데 노래방 예절이 뭐야?"

"요즘 아이들은 노래방에서 어떻게 노는지 잘 모르겠어.

간주점프는 하는지. 1절만 부르는지 2절까지 마무리하는지. 앞에 댄스곡 왕창 하다가 뒤 타임에 발라드로 가는지 그런 거 말야. 그리고 우리 때처럼 주인아줌마가 서비스를 30분씩, 15분씩 더 넣어주는지도 궁금하네. 잠자코 앉아 구경만 하다가 딱 한 곡만 부를 거야. 내가 많이 부르면 추하잖아. 다 옛날 노래일 텐데. 아하하하하하."

들뜬 나를 보고 그곳에 모인 사람들이 모두 웃었다. 맘껏 웃으라지. 나는 너무나 기대가 되니까. 아하하하하하. 그들과 어떤 얘기를 나누게 될까. 술을 얼큰하게 걸치고 정말 노래방을 가려나. 노래방이라…. 멱을 짜내서 노래 한 곡 불러본 지가 벌써 8년이다. 친구의 노래에 맞춰 우스꽝스럽게 춤춰본 지도 그만큼이 되었다. 요즘 노래방 문화란 어떨지 모르겠다. 만약에 청년들과 노래방에 가게 된다면 그들의 '에티튜드'를 겸손히 보고 배워야지.

그날이 왔다. 저녁 7시, 대학가 치킨집에 네 명이 모였다. 맛집이라 하기엔 손님이 적다며 두리번거리는 나를 보고 한 청년이 친절히 설명을 해줬다. 시험 기간이라 이렇게 조용하지 평소엔 이 시간대 바글거리는 집이라고. 아… 시험 기간에 따라 거리의 분위기도, 가게의 매출도 달라지는 대학가란 말이지. 오호. 그 사실조차 매력적으로 느껴졌다. 술이 한잔 두잔 들어가고 시간은 흘러가는데, 하아...... 이 청년들 너무 진지하다. 여기서도 글쓰기 이야기가 계속해서 이어지는 것이 아닌가. 나는 애꿎은 술잔만 만지작거리다가 연신 들이켜 댄다. 거기서 1차 술자리가 마무리되고 치킨이 꽤 많이 남았다. 주인아줌마께 싸달라고 부탁을 드리고 남은 포장 봉투를 자취한다는 한 청년의 손에 기어이 쥐여 주고야 말았다. 아... 이런 순간에도 발휘되는 아줌마 정신이란. 두 번째 술자리는 분위기가 꽤 괜찮은 3층짜리 맥줏집이었는데 이곳 역시 한산했다. 2차에도 이어지는 진지한 대화 중에 그만 속내를 내뱉고 말았다.

"사실 오늘 노래방이라도 갈 줄 알았어요. 동네방네 다 자랑하고 다녔는데. 노래방은 그렇다 치고 우리 글쓰기 얘기, 진지한 얘기 좀 그만합니다."

"누나 미안해요. 노래방 좋아하시는지 몰랐어요. 우리도 노래방 좋아하는 친구들 많은데. 담엔 꼭 가요."

"아냐. 됐어 ...."

청년들이 어색해했다. 찬물을 끼얹으려고 한 말은 아닌

데. 어우, 이 초치는 아줌마야. 모임은 막차 시간을 기점으로 끝이 났다. 그 주말이 지나고 만나는 사람들마다 노래방은 재미있었냐고 아는 척을 한다. 그럴 때마다 내 얼굴이 흙빛이 되어 내 입을 대신하여 대답을 한다.

글쓰기 모임의 두 번째 회식 자리가 잡혔다. 이번엔 광안리 수변공원에서 피크닉을 하기로 했다. 광안리 입구에서 만나서 먹을거리를 사 들고 수변공원까지 함께 걸었다. 집 근처 해운대나 송정만 왔다 갔다 했지 광안리까지 나올 일이 없었기에 낯선 길을 걷고 색다른 풍경을 만나는 것 자체가 감격스러웠다. 아니, 홀몸으로 낯선 곳에 여행 온 기분이라고 할까. 이 소소한 변화가 아줌마에겐 귀중하다. 광안대교가 선사하는 풍경도 한몫했지만, 해운대보다 젊은이들이 많은 것 같고 오래된 골목이 아기자기하게 발달했다. 걸으며 혼자서 연신 감탄사를 내뱉었다.

"와…. 좋다."

그러니 한 청년이 알 수 없다는 표정을 지으며 묻는다.

"언니, 뭐가 있다고 그렇게 좋대요?"

"여기…. 다…… 다 좋다구."

"·····················"

　수변공원에 돗자리를 펴고 바닷바람을 맞으며 술을 홀짝 거리니 바다에 둥둥 떠 있는 기분이다. 갑자기 누군가 10분간 의 야자타임을 제안했다. 모임의 제일 막내가 24살이라 그 친 구가 제일 어른이 되고 36살의 가장 연장자인 내가 막내가 되 는 셈이다. 모두들 내 눈치를 보며 괜찮겠냐고 묻는다. 개인 적으로 10년 만에 해보는 게임이니 궁금하다고 답했다. 어우, 10년 만이라니. 게임이 시작되었고 생각보다 적나라하게 형 님 아우의 뒤바뀐 역할극에 심취한 모습들을 보고 광대가 승 천하는 시간이었다. 모두들 기분 좋게 술을 마셨고 오늘은 반 드시 노래방을 가야 한다며 자리를 정리했다. 아.... 내가 너 무 부담을 준 건 아닌가 잠깐 걱정을 했지만 노래방을 간다는 사실은 내겐 더없이 반가운 것이었다. 건물 사이를 우르르 헤 매며 적절한 곳이 어디일까 간판을 두리번거리다 한 곳을 지 정하고 들어갔다. 음, 내부나 시스템이나 나 때랑 다를 게 없 구만. 나는 처음 마음먹은 대로 청년들의 문화를 지켜보았다. 사실 떠오르는 노래도 없고 알고 있는 최신곡이 없을 뿐. 적 당히 지켜보다가 겨우 클래지콰이의 노래를 하나 생각해냈다. 옆에 앉아있는 24살 친구에게 이 노래를 아냐고 물었다. 그는 전혀 모른다고 했다. 이런, 망했군. 우리 때 혜성처럼 등장했던 핫한 뮤지션이었는데. 쩝-. 그렇다면.... 자이언티의 눈을 불러야겠다. 이토록 찬란한 봄에 최신곡이랍시고 '눈'이라니. 그래도 나는 노래를 부르는 내내 봄처럼 따뜻했다. 아... 8년 만의 노래방을 경험한 밤. 찬란한 밤.

다음날 SNS에 별빛만큼 아름답게 반짝이는 미러볼의 노래방 사진을 한 장 올렸다. 친구들과 동네 아줌마들의 열화와 같은 성원이 사진 아래 댓글로 주렁주렁 달렸다.

h < 드디어 갔구나 ㅠㅠㅠㅠ. 내가 다 감격이다야!

o < 욕망의 밤 ㅋㅋㅋ 동영상 없어?

y < 좋구나~ 좋아

w < 꺄! 그 밤 함께 하고 싶네.

j < 욕망의 아줌마. 목표달성!

a < 미친다 진짜 ㅋㅋㅋㅋㅋㅋㅋㅋㅋㅋㅋㅋ 아이고 이 아줌마야

나의 마산, 그리고 마출루

내가 나고 자란 마산이라는 도시는 2010년에 사라졌다. 창원시의 다섯 개의 구 중에 마산합포구, 마산회원구 이렇게 두 개의 구로 쪼개어져 스며들었기 때문이다. 그 이름이 소멸되자 겉으론 아무렇지 않은 척했지만 한동안 마음 한구석에 구멍이 나서 그곳으로 바람이 숭숭 드나드는 기분이 들었다. 그렇게나 지긋지긋해 했으면서 대체 왜? 대학교 때 처음 만난 누군가가 "기숙사 사는구나. 집이 어디예요?" 물으면 나도 모르게 기어들어 가는 소리로 "마산이요…" 대답하곤 했다. 그러면 십중팔구 "마산? 마산이 어디더라…" 한다. 그러면 나는 "부산 옆에 붙어 있는 작은 도시요."라고 대도시를 끌어들여

덧붙여야만 했다. 거기서 마무리되면 좋은데 어떤 사람은 순진한 얼굴로 "바다라고? 어촌이네. 그럼 너네 집에 배 있어?" 하고 묻는다. "하하하" 하고 쿨한 척 웃지만 속으로는 '확-마!' 하고 뜨거운 것이 불쑥 올라온다.

7, 80년대엔 바닷가를 끼고 가발공장 신발공장이 발달해 우리나라를 먹여 살리는 꽤 잘나가던 도시였다는데, 바로 옆에 창원이 계획도시로 들어서고 공장들은 해외로 이전하면서 점점 빛바래고 낡은 도시로 전락했다. 그런 맥락 없이도 마산은 내게 있어 정말이지 우악스럽고, 초라하고, 궁상이 바가지인데다, 촌스럽고, 먹고살기 바쁘고, 경직되고, 멋대가리 없고, 퇴색되어버린 도시였다. 아주 지긋지긋한 도시였다. 마산 중심부에 자리한 어시장은 항상 바닥이 축축하고 중간중간 물이 고여 있었다. 하얀 양말을 접어 신어야 하는 여고생에겐 발끝에 어지간히 신경을 바짝 쓰지 않으면 안 되는, 가뜩이나 예민한 아이를 더 예민하게 굴게 하는 그런 곳이었다. 게다가 항상 바글바글 왁자지껄하고 고약한 비린내가 났다. 그 비린내가 도시 전체에 진동하는 것만 같았다. 그뿐만 아니라 내 살갗에도 깊게 베어버린 것 같았다. 씻어도, 씻어도 비린 기

운은 가시지 않는 것 같았다.

이 도시에 대한 감정은 십대 후반부터 지금까지 쭉 일관
되었다. 특히나 서울물 좀 먹었다고, 딴에 그 디자인 공부 좀
했다고, 손끝이 오그라들 만큼 날것의 자만으로 충만했던 20
대 때에는 마산에 대한 부정적인 감정이 극에 달했다. 그런데
그렇게 욕을 욕을 해대면서도 때가 되면 고속버스를 타고 왕
복 꼬박 10시간을 들여 엄마 아빠와 친구들을 만나러 왔다가
곤 했다. 낮엔 다 나가고 없는 빈집의 무게와 공허를 이겨내
지 못하고 엄마의 미용실에 나가 앉아 믹스 커피를 홀짝거렸
다. 조용히 한구석에서 오가는 손님들을 거울을 통해 관찰하
거나, 가끔은 바닥에 수북하게 나뒹구는 머리카락을 쓸어 치
우거나, 산처럼 거둬 쌓아진 마른 수건을 개고, 바쁘게 왔다
갔다 하는 엄마의 뒤꽁무니를 하염없이 바라보았다. 무료하
고 외롭고 보기만 해도 고단하고 짠한 온갖 부정적인 감정들
이 뒤섞이는 마산에서의 낮 시간들. 밤에는 깨알같이 남자,
여자, 친구, 선배, 후배, 사촌, 할 것 없이 술친구를 불러내어
술을 마시고, 마산의 밤공기를 마시고, 너울거리는 마산의 야
경을 마시고, 비틀비틀 마산의 길바닥을 걷고, 아무 학교 빈

놀이터에서 실없이 그네나 미끄럼틀을 타고, 허공에다 대고 노래를 하고, 또 술을 마셨다.

10년도 더 된 일이다. 고등학교 시절 친구들과 가포 외곽에 있는 꽤 고급스럽다는 레스토랑을 찾았는데 샐러드라고 나온 것이 채 친 양배추에다 드레싱으로 케첩+마요네즈가 올라왔으니 말 다 했지. 이 돈을 주고는 보드라운 양상추에 치커리 약간, 올리브 따위 몇 개 뒹굴고 그 위에 발사믹+올리브 오일 정도는 촥촥 뿌려줘야 하는데 말이지. '아, 역시 마산이다. 음식 수준하고는.' 했다. 서울에서 스키니진이 막 전파될 무렵 당당히 스키니진을 껴입고 마산행 버스에 올랐는데, 아도무지 이 도시에서는 내가 바로 패션 테러리스트라니. 여긴 여전히 부츠컷 청바지가 강세라니 말 다했지. 대학교 3학년 휴학 중엔 마산에 내려와 입시 미술학원에서 고액의 아르바이트를 했다. 이때 번 돈으로 엄마에게 몇백만 원의 빚진 유럽여행 경비를 갚고, 옷도 몇 벌 갖추고, 이후 서울살이 월셋집 보증금을 마련하기도 했다. 그럼에도 우습지만 정말이지 마산은 치가 떨리는 도시였다. 지긋지긋한 도시였다.

그런 마산이 많이 달라졌다. 가포로 가는 바닷가 끝자락
에 낡은 공장을 그대로 살려 빈티지한 커피숍이 으리으리하
게 들어섰는가 하면, 마산에서 시작한 어느 로스팅 커피 전문
점의 맛은 너무 뛰어나서 상권에서 항상 벗어난 곳에 자리를
잡지만 오직 커피와 공간의 맛으로 유명세를 탔다는 커피집
이야기 등. 그중 가장 충격을 던져주었던 스토리는 단연 예약
제로 운영되는 '마출루'라는 식당에 대한 이야기이다. 간판도
전화번호도 없는 골목 구석에 지인의 지인을 통해 겨우 예약
한다는 메뉴도 가격도 없는 식당. 주는 대로 먹고 달라는 대
로 계산하고 함부로 주인 언니의 전화번호는 공유하지 않는
다는 것을 원칙 아닌 원칙으로 하는 식당. 이곳을 사람들이
물어물어 건너건너 줄을 서서 찾아간다는 사실이 놀랍고 흥
미롭다. 그것도 다름 아닌 이 촌스럽고 구질구질한 마산이란
도시에서 말이다.

산복도로 위 주택가 골목 깊숙한 곳에 오래된 알루미늄
샤시의 미닫이문 앞엔 각종 화분과 오래된 집을 철거하면 나
올 법한 욕실의 거울장, 빈 와인병 등으로 꾸며진 예사롭지
않은 집이 있다. 간판은 없으나 기묘한 연출로 시선을 사로잡

는 곳이다. 내부로 들어가면 하얀 천막 안에 오래된 벽시계
와 다양한 식물들, 오래된 가구, 페르시안 카펫, 오래된 난로,
거울, 인도와 러시아, 또는 북유럽의 어느 시골에서 건너왔을
법한 다양한 소품들이 전시되어 있다. 혼잡한 가운데 입이 떡
벌어지는 아름다움이 있고 그것들의 질서가 이상하게도 사
람을 편안하게 만드는 공간이다. 주인장 언니는 아담한 체구
에 빨간색 삼각 두건을 두르고 네이비색 빛바랜 앞치마를 맸
다. 동글동글한 얼굴에 볼이 살짝 상기되어 활짝 웃는 모습
은 몽골의 여인이 연상된다. 정해진 형식이 없고 뚜렷한 컨셉
도 없고 정돈도 없지만 이들의 조화는 놀랍도록 멋스럽고 편
안하다. 공간이나 주인장이나 서빙되는 음식이나 믹스매치의
결정판인데, 촌스럽지 않게 세련됨을 유지하는 것, 이거 정말
어려운 건데 말이지.

　아, 마산이 많이 발전했구나. 이 도시에서도 선진적이고
세련된 문화가 꽃피워지네? 이 비린내 나고 궁기가 줄줄 흐
르는 이 도시에서 말이지. 그런데 사실은 마산이 많이 달라진
것이 아니라 그저 삐뚤어진 내 콩깍지가 한꺼풀 벗겨진 것에
불과할지도 모른다. 이제야 비로소 바로 보는 것이다. 마산은

언제나 그 모습 그대로였을 것이다. 대학 입학을 명목으로 기를 쓰고 서울로 도망을 왔다. 그래 나는 도망을 갔다. 그리고 욕을 욕을 하면서도 항상 마음 한구석을 불편하고 불편하게 만드는 그 빤한 패턴에도 때가 되면 발걸음은 자석에 이끌리듯 마산으로 향하곤 했다. 그리고 옛 친구를 만나고, 아르바이트를 해서 돈을 벌고, 따뜻한 엄마 밥으로 배를 불리고, 웅크리고 잠을 청하는 곳. 불편하지만 편한 곳. 마산은 내가 인정하기 싫은 내 부모의 모습, 또 나의 모습, 나의 투사체였다. 그때 정작 미워한 것은 마산이 아니라 나의 모든 것이었겠지. 어쩌면 이 도시에 대해 치가 떨리면서도 마음 깊이에서 사랑하고 있었던 것 같다.

두 아이를 키우는 아줌마가 되어 삼십 대의 중반으로 향하는 이 지점에서 나는 비로소 나를, 내 부모를, 나고 자란 마산을 바로 보기 시작했다. 마산이라는 지명과 함께 나의 삐뚤어진 마산에 대한 기억도, 감정도, 깊게 베어버린 것 같은 지긋지긋한 비린내도 그렇게 소멸되었다. 하지만 나의 마산은 식당 '마출루'처럼 보기에 번지르르하고 모두가 알아주진 않지만 자신만의 색깔로 담담하고 당당하게 존재감을 빛내고 있다. 언제나.

먹고 노는 법을 모르는 인간

"그래, 앉아 묵고 놀아라이-"

밤이고 낮이고 사람이 몇몇 모이기만 하면 술과 주전부리를 내어 주시는 시어머니께서 자주 하시는 말씀이다. 결혼 초기에 시댁에서 들었던 말 중 제일 낯설고 어색하면서 자꾸 들어도 나쁘지 않았던 이상한 말이다. 살면서 누군가가 나에게 단 한 번도 마음 편히 먹고 놀라고 권유해 본 적이 없었다. 엄마아빠가 다 일을 나가시고 온종일 텅 빈 집을 혼자 지켰던 나에게 먹고 논다는 것은 일종의 무기력함이었고, 무거운 공허였고, 늘 찜찜한 죄책감을 안겨주는 것이었다. 한 시도 쉬고 있지 않고 가게에서나 집에 돌아와서나 손에 잡히는 대로 일거리를 찾아 움직이는 엄마의 딱딱하게 굳은 표정과 지친 뒷모습이 나에게 늘 그렇게 말하고 있었다. 그래서인지 무언가 생산적인 것을 하지 않고 있는 공백의 시간을 편안하게 누린 기억은 단 한순간도 없다. 어린 시절조차.

티브이 채널은 오전에 요리 프로그램을 끝으로 삐- 소리와 함께 무지개색 화면만 내보이고 집안 곳곳은 빼놓을 데 없이 흐트러져있다. 아침에 벗어놓은 옷가지와 여기저기 나뒹구는 장난감. 아침 식사의 흔적이 군데군데 채 닦이지 않은 식탁 위. 남은 반찬과 찬밥 따위가 몸에 맞지도 않는 제각각의 뚜껑으로 대충 덮어져 있는 싱크대 위. 데우기만 하면 며칠 동안 끼니 걱정은 없도록 한솥 가득 끓여놓은 커다란 국냄비 따위로 이 집이 더 차갑게 느껴진다. 소파에 앉아 공중에 떠다니는 먼지를 멍하니 바라보다 짓누르는 침묵의 무게를 이기지 못하고 이 방, 저 방을 공연히 오간다. 인형을 붙잡고 몇 마디 역할극을 하다가 집어치우고 점토를 꺼내 몇 번 만지작거려 보다가 이내 그만둔다. 해가 베란다 너머로 들어왔다가 온 집안을 싹 어루만지고 사라질 때까지 빈집의 중압감과 무겁게 천천히 흐르는 시간은 7살 소녀가 홀로 감당해

내긴 어려운 것이었다.

　몇 날 며칠 동안 온종일 비가 퍼붓는 장마철엔 한낮이라고 해도 눅눅하고 컴컴해서 더욱 견디기 힘든 나날이었다. 베란다 창문을 열고 들이치는 비에 이맛살을 찌푸리며 거리를 내다보지만 장대비 사이로 개미 새끼 한마리도 보이지를 않는다. 7살의 나는 우산을 쓰고 나가서 아파트 동과 동 사이, 길 한가운데 한참을 서서 우산 위로 장대비를 맞는다. 우산 위로 쏟아져 내리는 굵직한 빗소리는 그저 외롭고, 아스팔트 바닥에 생겨나는 수천 개의 동심원들은 마냥 처량하기만 하다. 그렇게 오랫동안 서서 가만히 바라본다. 무릎까지 오는 치맛자락이 다 젖을 때까지. 우산 안으로 한두 방울씩 들이치던 빗방울이 팔과 다리를 따라 뚝뚝 타고 흘러내릴 때까지. 맑은 날엔 아파트 화단에 앉아서 개미행렬을 구경한다. 집에서 챙겨 나온 과자 조각을 하나 던져주었지만 이놈들은 도무지 관심이 없네. 놀이터를 한 바퀴 돌고 엄마의 미용실에 한번 얼쩡거리고 돌아올 때에야 바글바글 모여들 테지. 자리를 툭툭 털고 일어나 우리 아파트 동 바로 옆에 있는 상가의 계단을 공연히 오르락내리락한다. 지하 슈퍼와 부식가게에서 뒤섞여 올라오는 익숙한 잡내를 뒤로하고 겅중겅중 두 칸, 두 칸, 두 칸, 2층까지 계단을 두 개씩 뛰어오른다. 엄마의 미용실엔 결국 들어가지 않고 다시 계단을 내려온다. 겅중, 겅중, 겅중.

　길고 긴 하루를 어떻게 보내야 하는지 알 수 없었고 그저 외롭고 공허했다. 마냥 먹고 놀면 되는 7세의 당연한 시간들이 너무 힘겹고 외로웠다. 36살의 두 아이의 엄마가 된 지금은 어떨까? 아침에 두 아이 먹이고 씻기고 입혀서 정신없이 어린이집에 보내고 나면 이내 혼자만의 시간이 주어진다. 아이들이 벗어 던진 옷가지와 널브러진 장난감, 테이블 위 요란한 아침과 간식의 흔적들, 개수대에 쌓인 설거지. 어지럽고 텅 빈 공백의 시간이 여전히 불안하다. 계획했던 글쓰기와 책 읽기가 마음먹은 대로 잘 진행되지 않으면 무거운 죄책감이 수반된다. 그 누구도 혼자만의 낮 시간에 대하여 대체 무얼 하고 있냐고 추궁하거나, 뭔가 해야 하지 않느냐고 다그치지 않는데, 나는 나에게 늘 죄를 묻는다. 여태 아무 결과 없이 나태해 자빠졌다고 비난을 퍼붓고 후회와 절망의 죄의식에 사로잡힌다. 7살 그때의 빈집의 무게와 공허를 36살에도 이렇듯 이겨내지 못하는 것이다. 아무도 없는 평화로운 시간에 그저 놀고먹으면 어때서. 그간 마음이 평안하지 못하게 살아왔으면 아이들 등원시키고 좀 놀고먹을 수도 있는 것 아닌가. 쓰기와 읽기에 전문가가 아니면서 천천히 조금씩 목표를 이루면 될 것인데 지나치게 스스로를 강박한다.

그러던 중에 아이가 다니는 공동육아 어린이집에 밥을 해주실 조리사 자리가 공석이 되게 생겼다. 10시부터 3시까지 근무하고 근무 외 시간에 장보기 업무까지 한 달에 100만 원을 받는 자리이다. 한 달에 100만 원이라.... 구미가 확 당긴다. 집에서 계획했던 것들이 잘 수행되지 않고 아무도 없는 빈집의 무게와 공허가 견디기 힘든 이 마당에 나가서 100만 원을 벌어 온다면 그것만큼 보람될 일도 없을 것만 같았다. 한 달에 100만 원으로 내 존재를 증명할 수 있을 것만 같았다. 한편으로 그렇게 하루를 써 버리면 나를 위한 시간도, 하원 후 아이들에게 향해야할 에너지도 없어져 버릴 것 같은 불안감도 밀려온다. 이러지도 저러지도 못하고 결코 쉬운 돈은 아니지만 많은 것을 포기해야 하는, 돈 100만 원 때문에 갈팡질팡 고민을 하는 내가 싫어진다. 정확하게는 당당히 놀고먹지 못하고 그새 딴생각을 해 대는 자신을 향한 경멸이 일렁대는 것이다.

　몇 날 며칠을 고민하다가 불현듯 시어머니의 말씀이 스쳤다.
　"그래, 앉아 묵고 놀아라이-"
　그리고는 이 고민에 깨끗이 종지부를 찍었다. 나는 먹고 노는 법을 모르는 인간이니, 가만히 먹고 노는 것의 진가를 알 때까지 좀 더 제대로 앉아 묵고 놀아야겠다고. 내 어린 시절의 외롭고 불안했던 빈집의 무게와, 제어할 수 없었던 공백의 시간에 대한 죄책감이 지금 36살에 재현되는 것이라면 당당히 그것들과는 이별하겠노라고. 그것은 나의 부정적인 각본이며 그것은 자각하지 않으면 언제든 되풀이되며 나를 괴롭힐 것이라는 사실을 다시 한 번 상기시킨다. 그래, 그때의 나와 지금의 나는 전혀 다르지 않니. 달라야 하지 않니. 그러니, 나는 앞으로도 쭉 앉아 묵고 놀아야겠다.

여름과 매미

"엄마, 매미가 왜 저렇게 울기만 해?"

덩그러니 채집통에서 붙어 앉아 쓰르르 울기만 하는 매미를 보며 딸아이가 묻는다.

"나 엄청 소리 크지? 멋있지? 맴맴맴 나랑 결혼해~ 결혼하자 맴맴~ 하고 우는 거야. 몇 년을 땅속에서 굼벵이로 살다가 준비가 다 되면 밖으로 나와 나무 위에서 짝을 찾는 거야."

여름의 후텁지근한 공기를 촘촘히 채우는 매미의 울음소리를 들으면서, 아이와 매미의 일생을 이야기하다 보면 많은 추억들과 생각이 스친다.

아빠를 좋아했다. 키가 크고, 노래를 멋지게 잘 부르고, 밤엔 가끔 비스킷이나 아이스크림 따위를 잔뜩 사 들고 들어오시는 아빠. 늘 바깥 약속이 많고, 항상 술을 얼큰하게 드셨고, 엄마에게 친절하지 않았고, 우리에겐 무뚝뚝하고 버럭 화를 내는 일이 많았던 아빠. 아빠를 좋아했지만 가까이 다가갈 수는 없었다. 나랑 뭔가 어색한 구석이 있었던 아빠도 여름날이 되면 어김없이 낡은 낚싯대와 양면테이프를 주섬주섬 챙겨서 나를 앞세우고 공원으로 향했다. 공원에 도착하면 낚싯대 끝에다가 양면테이프를 정갈하게 둘러 바르고, 소리가 유난히 큰 나무 밑에서 매미를 포착한다. 그리고 비장하게 낚싯대를 펼쳐 올린 후 양면테이프가 발린 끝부분을 살짝 갖다 댄다. 아싸, 성공! 기가 막히게 부착되어 내려온 매미는 내 작은 통속으로 들어왔다. 그리고 아빠랑 나는 마주 보고 씩- 한번 웃는다. 방학 중에 외갓집에서 몇 박을 하고 돌아오면 내 책상 옆엔 곤충채집 표본이 붙어 있곤 했다. 빈 박스로 사각의 틀을 만들고 달력의 뒷면으로 박스를 하얗고 매끈하게 마감했다. 그리고 전면엔 빳빳한 셀로판지로 덮어 표본을 보호한다. 말매미, 애매미, 털매미, 종류별로 크기별로 정렬된 매미와 방아깨비, 여치, 사마귀, 잠자리도 있었다. 어린 나는 그것을 그해 여름부터 제법 깊은 가을이 될 때까지 한참씩이나 들여다보곤 했다. 여름날 아빠의 마음을.

가을의 문턱까지 온 2008년의 늦여름이었다. 여름의 끝자락을 부여잡듯이 매미의 울음소리는 발악에 가까웠다. 논현동 어느 텅 빈 공원의 정자엔 그 남자와 나 단둘이 있었다. 여름밤은 매미 울음소리로 숨이 막히도록 까맣게 메워져 우리를 둘러싸고 있었다. 캔 맥주 아래에 흥건히 물이 고이고도 이슬은 맥주 벽을 타고 끊임없이 흘러내렸다. 우린 말 없이 아이팟 이어폰을 나눠 끼고 시를 읊조리듯 노래하는 루시드 폴을 들었다. "바람- 어디에서 부는지. 덧문을 아무리 닫아 보아도. 흐려진 눈앞이 시리도록-" 여름밤의 열기인지 둘 사이의 열기인지를 견디지 못하고, 어떤 말을 꺼내야 할지 머뭇머뭇한 어색한 공백을 견디지 못하고, 나는 "아... 이 시점에 비나 확 쏟아줬으면 좋겠네요." 하고 툭 내뱉었다. 그 순간 거짓말같이 거센 소나기가 들이쳤고 우리는 전율했다. 그 남자와 나는 함께 술을 마시고 여름밤을 마시고, 함께 음악을 듣고 매미의 절규를 들었다. 함께 노래를 부르고 조금씩 서로를 가까이 불러갔다. 짝을 찾는 매미의 간절한 노랫소리가 남의 이

야기처럼 낯설지 않았다. 그 여름밤의 열기와 설렘을 오래오
래 기억한다.

　두 아이의 엄마가 되고부터는 여름이 되면 두 팔을 걷어
붙이고 억척스러운 매미 사냥꾼이 된다. 올여름도 어김없이
비장한 각오로 매미채를 들고 나선다. 두 발로 길을 걷지만
고개와 시선은 하늘을 향하고 있다. 매미 소리가 유난히 크게
들리는 나무 밑으로 가서 매의 눈으로 나무껍질과 매미를 구
분해낸다. 내 옆에 아이들도 나무 밑에서 고개를 치켜들고 긴
장된 상태로 숨을 죽이고 기다린다. 한 마리 포착. 숨죽이며
매미채를 스르르-륵! 갖다 댄다. 아, 놓쳤다. 세네 마리가 놀
라 우르르 비명을 지르며 내 얼굴에다 찍- 오줌을 싸대고는
사라진다. 깜짝이야! 내가 더 놀랐다. 짜식들아. 그리고 따님
에게 따가운 눈 흘김을 당하고 "엄마!" 하고 날카로운 한소릴
듣는다. 젠장… 스르르륵- 에서 마지막 '륵!'의 타이밍과 각도
가 생명인 것을. 6년을 기다렸다가 짝을 찾아 여름 한때를 사
는 매미의 절절한 사연을 잘 알면서도 나는 왜 매미채를 멈출
수 없는가. 그건… 아이들이 좋아하기 때문이다. 아니 그저
내가 좋은 것일지도 모른다. 어쨌든 나는 천상 매미 사냥꾼인

가 보다.

    훅훅 찌는 무더위도 한풀 꺾였다. 검은빛으로 치닫는 강한 초록도 한층 옅어지고 온 식물들의 쨍한 기운도 느슨해 졌다. 매미들의 격정적인 밤낮 없던 떼창은 낮엔 어느새 한가해지고 밤엔 귀뚜라미 소리로 스리슬쩍 대체되고 있다. 여전히 한낮엔 여름 같은 더위가 기승을 부리지만 가을의 향내가 나는 짙은 더위다. 여름의 모든 것이 짙고 깊어졌다. 딸에게 "이젠 가을이 오고 있어. 매미는 가고 귀뚜라미가 오고 있지. 여름-가을-겨울-봄-또 여름- 또 가을- 겨울. 이렇게 자꾸 돌아와. 이걸 계절이라고 해. 사계절." 하고 말해주었다. 계절은 반복되고 아이들은 쑥쑥 자란다. 매미는 갔다가 다시 돌아오고 아이들은 그저 쑥쑥 자란다. 신비로운 대자연의 사이클 속에서 서른다섯의 나는 어디까지 왔으며 어디로 가고 있는 걸까. 나는, 응?

    여름 밤낮을 울어대다가 마침내 짝짓기를 끝내고 땅으로 툭- 하강하여 생을 끝내는 수매미. 제 몸보다 딱딱한 나무껍질에 산란관을 뚫어 넣고 알을 낳은 뒤 생을 마감하는 암매미. 일 년 후에 나무껍질 속에서 알을 까고 애벌레로 나와 땅 속으로 들어갈 1령 매미. 땅속에서 허물을 벗으며 거듭되는 사계절을 오롯이 견디고 기다리는 2령 매미, 3령 매미, 4령 매미, 흙 속에서 모든 준비를 마친 뒤 땅 밖으로 나와 마지막 허물을 벗고 젖은 날개를 말리며 비상을 꿈꾸는 5령 매미를 생각한다. 매미의 일생을 생각하며 서른다섯의 나는 또 한해 의 여름을 새긴다. 매미에게도 나에게도 녹록지 않은 생이지 만 주어진 사이클 안에서 나름의 방식으로 잘 살아내겠다고.

잉여로운 인간의 죄의식

남편이 또 출장이다. 아기랑 둘이서 온종일 씨름하고 있는 작은 집에 남편이, 아니 그 누가 되었든 어른 사람이, 며칠 동안 하루에 한 번도 드나들지 않는다고 생각하니 가슴이 갑갑했다. 운전도 미숙한데 한 시간 거리의 친정으로 바리바리 짐을 싸 들고 피신을 한다. 친정집에 가도 아침만 밝으면 모두 각자의 일터로 뿔뿔이 흩어지고 아기랑 혼자 남겨질 테지만 그나마 유모차 밀고 엄마 미용실에 나가 죽치고 있기도 하고 저녁엔 퇴근하고 돌아오신 아빠랑 저녁을 먹을 수 있는 것이 큰 위안이었다. 아기에게서 잠시도 벗어날 수 없는 일상에 마주할 수 있는 어른 사람이 누군가 있다는 것이 힘이 되는 것은 사실이었다. 그 시간을 확보하는 것이 육아로 코너에 몰린 당시의 내가 할 수 있는 유일한 피신이었다.

혼자 운영하시는 작은 미용실에서 오늘도 엄마의 하루가 열린다. 오전 내내 손님이 뜸하다가 점심시간부터 밀려들기 시작한다. 엄마 혼자서 몇 명의 머리를 책임지는 일은 언제 보아도 대단하고 보기만 해도 고단한 일이었다. 나는 틈틈이 아기를 유모차에 뉘어놓고 수건빨래를 걷고, 널고, 개는 일을 했다. 누구의 머리카락인지도 모르게 뒤섞인 검은 뭉치들을 빗자루로 쓸어 치운다. 빨아서 구깃구깃하게 마른 파마 종이를 분무기로 물을 뿌려가며 차곡차곡 펴는 일을 한다. 안쪽에 딸린 작은 부엌에서 아이 젖을 먹인 후 들쳐 업고 정신없이 널브러진 부엌을 정리하기도 한다. 내가 없으면 이 모든 잡일이 고스란히 엄마 몫이 될 텐데... 미용실에 올 때마다 마음이 무겁다. 그렇지만 이상하게 친정에 올 때마다 내가 온종일 시간을 보내게 되는 곳이다. 점심 끼니때를 한참 넘겨서 엄마가 밥 한술 뜨는데 또 손님이 등장한다. 진작에 식어버린 엄마의 점심상을 옆에 뒹굴고 있는 신문지로 덮어두고 조용히 부엌을 나온다. 엄마가 공복 상태로 두 시간 동안 작업을 끝내고 나면 까다로운 손님은 삐죽 입이 나와서 여기가 어떻고 저기가 어떻고 불만을 늘어놓는다. 의견이나 취향이야 다를 수 있지만 더러는 무례한 경우도 있다. 오늘도 우리 엄마는 몸도 마음도 다 탈탈 털리는구나. 오후 4시가 되어서야 축 늘어져 점심을 드는 엄마 모습을 보고 묘한 죄책감이 스친다. 늘 바쁘게 사는 우리 엄마 앞에서 나는 한 없이 잉여로운 인간인 것만 같아서.

졸업을 하고 취업 자리를 찾고 있는데 학과 조교 자리의 제안을 받았다. 학과 조교를 하면 적은 돈이라도 월급이 꼬박꼬박 나오고, 대학원을 등록하게 되면 등록금의 70% 면제받을 수 있었으니 나쁘지 않은 선택 같았다. 공부에 딱히 뜻이 있는 것은 아니었지만 디자인 스튜디오에 몇 번 면접을 보러 갔다가 그날의 옷차림으로 창피를 당하거나, 규모가 있는 건설회사의 임원과 약속된 개별면접을 보러 갔지만 두 번씩이나 바람을 맞는다거나 하면서 일이 잘 풀리지 않았다. 면접을 몇 번 보지도 않았는데 실패가 두려웠다. 사실은 정확히 내가 어떤 분야에 일하고 싶은지 확신이 서지 않았다. 여러 가지로 겁을 집어먹고 조교 자리의 제안을 덥석 물어버렸다. 조교로 일하면서 대학원을 다닐 때는 앞날에 대한 걱정은 접어두고 나름의 생활에 재미를 붙이고 있었다. 석사과정 신입생으로서의 설렘도 있었고 2년 계약직이지만 취업자로서의 안정감도 느껴졌다. 가장 중요한 것은 취업에 대한 유예기간을 확보한 것에 대한 안일한 안도감이었다.

    그러나 시간은 언제나 화살처럼 흐른다. 즐거움은 잠깐이고 스멀스멀 불안감이 느껴졌다.

    '나는 무엇을 할 수 있을까? 정말 내가 좋아하는 일은 뭘까? 나는 디자인 현장에서 굳건히 버텨낼 강단이 있는 사람인가? 대학원에 오지 않고 방향을 완전히 틀어서 호주나 영국으로 미용 유학을 가는 것이 나았을까? 그렇다고 이 학력과 전공을 버리고 미용이란 직업을 택할 용기는 있는가?'

    질문은 꼬리에 꼬리를 물고, 무엇보다 이 모든 질문에 뚜렷하게 답할 수 없는 자신이 점점 견딜 수 없었다. 그저 두렵고 불안했다. 이것도 저것도 할 수 없는 나. 유예기간 3년은 화살같이 흘렀고 대학원 졸업 후 나는 또 어딘가에도 소속되지 않은 불안한 상태가 되었다. 그리고 결혼을 했다. 우리 부부는 남편의 직장에 맞춰 부산에 터전을 잡게 되었다. 이 도시의 취업 시장에서 나는 기혼자에, 고령에, 고학력자에, 예비임산부에, 현장무경험자로서 별 볼 일 없는 이력서 한 장에 지나지 않았을 테다. 정확히 말해 나는 나 스스로에게 별 볼 일 없는 애물단지였다.

미용실을 오가는 많은 사람들이 엄마의 기술을 부러워하면서 딸한테 물려주면 딱 맞겠다는 소리를 할 때마다 엄마는 은근히 자랑을 흘리곤 했다.

"아이고... 우리 딸은 서울서 디자인공부 합니다. 등록금이 비싸도 딱 그것만 해주면 나머지 지가 알아서 다 해예. 입시 미술 가르치면 일반 아르바이트랑은 임금이 차원이 다른데예. 저는 하는 것도 없어예-"

"그래요? 원장님 대단하시네. 그래도 서울 공부시키기 만만치 않을 낀데."

"공부 끝나면 지가 다 갚겠지예. 딸 덕 좀 볼랍니다"

지방 촌구석에서 기대를 한 몸에 받으며 서울로 유학 씩이나 왔다. 서울에서 공부하며 제가 벌어 제가 쓰는 세상 야무진 딸은 우리 엄마 최고의 자랑거리였는데. 그 잘난 딸은 투자한 것을 제대로 써먹지도 못하고 아무런 사회적 결실 없이 결혼하여 애 엄마가 되었다. 엄마는 아직도 온종일 이 작은 미용실을 벗어나지 못하고 끼니를 거르며 일하기 일쑤인데 나는 잉여로운 전업주부로 살고 있다.

늦은 오후가 되어서야 점심식사를 한술 뜨는 엄마를 물끄러미 바라보다가 넌지시 물었다.

"엄마... 그간에 딸 공부시킨다고 등골이 빠졌을 텐데, 내 이러고 애만 키우는 거 속상하제? 그나마 있는 경력도 다 끊기고..."

"...................................."

"처음부터 그냥 엄마 밑에서 미용 배울 걸 그랬나? 써먹지도 못할 거 서울 가서 돈만 쓴 거 아닌가 모르겠다. 미용하면 아이 키워 놓고도 할 수 있고, 엄마 도움도 받을 수 있는데..."

"그런 소리 하지 마라. 나는 니가 뭘 하든 큰물에서 보고 배우고 놀다가 온 것으로 되었다. 그래야 사람이 큰다. 그 이후 니가 미용을 하든, 전업주부를 하든, 뭘 하든, 니 선택이고 나는 그것을 해 준 것으로 되었다."

"........................."

엄마의 마지막 한마디에 나는 나의 잉여로움에 대한 죄책감을 벗어버리기 시작했다. 강렬한 나에 대한 부정이 쉽사리 해소되지 않아서 그 뒤로 몇 년의 시간이 더 필요했지만, 분명한 것은 나에 대한 긍정은 엄마의 마지막 이 한마디로부터 시작되었다. 나는 지금 누구보다 가치 있는 일을 하고 있다. 나는 아이를 키운다. 그리고 이렇게 나도 키운다.

마늘종 장아찌

시댁의 텃밭에서 야채를 종류별로 한가득 뜯어왔다. 부
추, 방풍나물, 미나리, 상추와 쑥갓, 마늘종. 마늘종은 뜯는다
기보다 뽑는다고 표현하는 게 더 맞겠다. 뿌리채소인 마늘 알
에 영양분이 실하게 가도록 하늘로 뻗어 자라는 꽃대를 꽃이
피기 전에 뽑아낸 것을 말한다. 시댁에서 집으로 돌아오는 자
동차 트렁크의 1/3은 야채로 가득 채운다. 다음 주에 친정에
가는데, 우리 엄마와 아빠가 이 싱그럽고 보드라운 쌈 채소들
보면 무지 좋아하시겠다. 아쉽다. 다음 주까지 신선한 상태
로 버틸 것 같지가 않아서. 부추와 미나리는 툭툭 썰어서 전
을 부쳐 먹으면 금방 소진되고 상추는 제철인 생멸치를 사다

가 쌈밥을 해 먹으면 금방 뚝딱이다. 방풍나물은 데쳐서 초고 추장에 찍어 먹으면 쌉싸름한 것이 나름 별미인데 문제는 마늘종이다. 잘 씻어서 지퍼백에 한 봉을 만들어 아이들 볶음밥용으로 냉동실에 얼리고도 큰 양푼이 하나 넘치도록 남았다. 아무래도 장아찌를 담지 않고서는 이 많은 양이 해결이 안 날것 같다. 간장, 된장, 고추장, 김치, 각종 장아찌는 시어머니가 담가주신 것을 얻어다 먹었는데 이번엔 내 손으로 담가 보기로 한다. 마늘종을 5센치 크기로 썰어주고 미리 열 소독해둔 유리병에 담아둔다. 물과 간장 식초 설탕을 2:1:1:1의 비율로 맞춰 냄비에 팔팔 끓이고 한소끔 식힌 후 유리병에 부어 완전히 식고 나면 냉장고에 넣어준다. 3일 숙성 후 꺼내 먹으면 아삭아삭 새콤달콤한 마늘종 장아찌 완성이다. 고기 먹을때는 곁들이면 말할 것도 없고 여름에 고추장 한 숟가락에 참기름을 똑 떨어뜨려 버무려 먹으면 잃었던 입맛도 되찾아오는 기특한 저장식품이다.

한 통 가득 완성된 마늘종 장아찌를 보고 있자니 뿌듯함이 차오른다. 가만있자, 신선한 야채는 안 되더라도 이 마늘종 장아찌라도 엄마에게 좀 나눠드려야겠다. 2박을 할 예정이니 아이들 옷가지와 세면도구를 챙기고 아빠가 좋아하시는 밤식빵과 전병도 넉넉하게 샀다. 엄마가 좋아하는 키위도 한 박스 사고. 출발 직전에 빈 반찬통을 찾아 국자로 마늘종 건더기를 채워 담은 다음 간장양념을 넉넉히 부었다. 뚜껑을 닫고 그릇 아래에 흘러 맺힌 간장을 닦아내고 있자니 이상한 기분이 들었다. 과일이나 빵같이 마트에 들러 계산만 하면 손쉬운 것들을 사다 나르기만 했지 내가 만든 음식을 엄마에게 나눠드리기는 처음인 것 같아서. 참 무심했다.

대학을 서울로 가고부터 엄마는 집에 다녀가는 내 짐 가방을 음식으로 다 채워주시곤 했다. 차로 5시간을 올라가는데 음식이 상하지 않을 만큼 쌀쌀한 계절이라면 가방은 더 묵직해졌다. 깍두기나 갓김치 등 김치를 종류별로 담아 주시기도 했고 카레나 짜장을 두세 번 먹을 양으로 일회용 팩에다 소분해주셨다. 그것들을 납작하게 눌러 켜켜이 쌓고 얼려서 아이스박스에 넣어주셨다. 아이스박스를 테이핑하고 노끈으로 손잡이를 만드는 작업은 늘 손이 야문 아빠의 몫이었다. 서울 자취방에 도착하면 곧장 냉동실에 넣기만 하면 되는 완벽한 상태. 종종 택배로 음식을 보내기도 하셨다. 박스의 사이사이에 참치 캔, 깡통 햄, 조미김, 식용유 등 자취방 근처에서 손쉽게 사다 먹을 수 있는 공산품들이 빈틈을 메우고 있었다. 우리 엄마 눈에 보이는 집안의 모든 먹거리들이 나를 향했나보다. 미역국이나 된장국도 다 소분하여 얼려 보내주셨다. 미역국은 불린 미역을 소고기와 함께 볶아서 물 부어 끓이기만 하면 되고, 멸치 맛국물에 있는 야채와 두부를 잘라 넣고 된장 풀어 끓이기만 하면 된장찌개가 뚝딱인데. 지금 생각하면 난이도 하에 속하는 아주 간단한 요리인 것을. 만들고, 식히고, 소분하고, 얼려서, 담아내는 것이 얼마나 수고스러운 것인지 그때는 알지 못했다. 온종일 서서 일하고 돌아와 밤새 뚝딱거리고 부엌에 서 있을 엄마의 고된 시간에 대해 생각해 볼 겨를이 없었다.

사실, 고향 집을 오갈 때 유난스레 내 먹거리를 챙기는 엄마를 보며 그때쯤 어렴풋이 알았다. 엄마가 나를 많이 생각하시는구나. 꼼꼼히 아이스박스를 포장하고 끈을 단단히 매고, 들었다 놨다 그 견고함을 거듭 확인하시는 아빠의 묵묵한 손길을 보며 알았다. 아빠가 나를 많이 생각하시는구나. 엄마와 아빠는 늘 일과 바깥 약속에 바빴고 나는 20 평생 혼자라고 생각했다. 삶에 대한 무수한 의문과 끝없는 불안과 깊은 우울을 혼자 다 짊어지고 살았다고 생각했다. 나는 나대로 살았다고 생각했다. 그러나 잊을 만하면 자취방 앞에 덩그러니 놓여진 택배를 보면서 엄마의 부엌, 아빠의 손길에 대해 생각했다. 그리고 나는 참 오만하고 무심한 딸자식이었음을 새삼스레 확인한다.

철없던 시절은 지났다. 결혼하고서는 시댁에서 얻어먹는 것이 많았고 솜씨도 제법 늘었지만 엄마는 여전히 이것저것 싸다가 갖다 주셨다. 온종일 일을 하고도 딸 집에 먹거리를 챙기는 엄마의 수고가 부담스러워 인제 그만 주셔도 된다고 거절을 했다. 그리고는 몇 년간 아이들을 키우며 내 손으로 어린것들을 해다 먹이느라 바빴지 엄마에게 내가 만든 음식을 갖다 드리긴 처음이다. 그때나 지금이나 나는 참 무심하고 오만한 딸자식이었음 다시 한 번 확인한다. 그것도 고작 마늘쫑 장아찌라니.

그냥... 살아요

부산역에서 서울행 KTX 열차 칸에 올라타자마자 우연히 대학 선배 두 명을 만났다. 요즘 스타 디자이너로 잘 나가는 B 선배와 Y 선배의 아우라에 멈칫했지만 용기를 내 말을 걸었다.

"선배! 안녕하세요?"

"어 정아. 네가 여기 웬일이야?"

"아.. 저는 여기 살아요. 오랜만에 동기들 만나러 서울에 가는 길이에요. 선배들은 여기 어쩐 일이세요?"

"그렇구나. 우린 일 때문에 부산 현장에 왔다가 당일로 돌아가는 길이야."

"아.. 두 분 같이 작업하시는 거예요?"

"응. 이번 프로젝트만 같이 하는 거야. 너는 어떻게 지내?"

"저는.. 그냥 살아요."

"아... 그렇구나.

"흐흐 ...."

"그래... 잘 지내라."

"네. 잘 올라 가시구. 다음에 봬요."

더 이상 할 말이 이어지지 않았다. 어정쩡하게 헤어지고 각자의 자리로 돌아왔다. 설렘 가득 안고 기차 안에서 읽을 책을 준비하고 커피도 한 잔 사 들고 왔는데 책도 커피도 시들하다. 두 시간 넘게 멍하니 창밖만 바라보았다. 다시 생각해도 찌질한 내 멘트를 되뇐다. '저는... 그냥 살아요.'어우..... 창피해. 그냥 살아요가 뭐니. 그냥 살아요가. 너무 바보같이 '흐흐..'하고 웃었다. 젠장. 그딴 식으로밖에 말할 수 없었을까. 나도 뭔가 멋진 일에 몰두하고 있다고, 마음대로 풀리진 않지만 이 일에 최선을 다하고 있다고 말할 수 있었으면 좋겠다. 근데 뭐 말할 거리가 있길 하나.

이렇게 말했어야 하나?

'저는 결혼 후 부산에 내려와서 정착했고요. 뭔 자신감인 지 결혼 후에 전공 살려도 늦지 않을 거라 생각했던 거 있죠. 아니나 다를까 취직도 잘 안 되고 구직한다고 해도 매일같이 있을 야근에 버텨낼 자신도 없었어요. 디자인이 나랑 맞는 일 인가 그것도 잘 모르겠더라고요. 하하하하. 그러던 중에 아기 가 생겼는데. 글쎄, 좀 유별난지 의학의 힘을 빌리지 않고 조 산원에서 자연 출산을 했어요. 남편 회사가 매일 야근이 있어 서 혼자 아이를 다 키웠는데 지금 생각해봐도 그 시간들을 어 떻게 버텼나 싶네요. 그 와중에 두 아이 다 지독하게 모유 수 유를 끝까지 하기도 했죠. 너무 완벽하려고 애썼어요. 적당히 할 껄 하고 뒤늦게 생각해보기도 해요. 그때는 멋몰라서 육아 를 전투적으로 했어요. 몇 년 후에 아이가 다닐 공동육아 어 린이집을 만들어서 인가받았어요. 올해는 그곳에 이사장을 맡아서 신경 쓸 일이 좀 많지만 배우는 점도 많아요. 아이들 에게 애정은 많은 데 잘 표현하지 못하는 엄마라... 이게 요즘 저의 숙제이기도 한데 완벽한 엄마가 어디 있겠나, 스스로 위 로하기도 해요. 그리고 집 근처에 바다가 있어서 종종 바다를 보러 가요. 아이들이 모래 놀이에 열중하면 저는 바닷바람 맞

으며 맥주 한 캔을 마시곤 하죠. 참... 평범하고 행복한 순간
이에요. 저는 요리를 좋아하는데요. 특히 술안주 만드는 솜씨
가 뛰어나다고 제 입으로 얘기 좀 할게요. 술을 즐기는데 아
이들 때문에 아예 못 나가니까 집에서 해 먹게 되고 그러니
실력이 조금씩 늘더라고요. 선배들도 언제 한번 놀러 오세요.
하하. 요즘은... 글이라는 걸 좀 끼적이는 데요. 쓰면서 막 울
컥하기도 하고 제가 쓴 걸 다시 보면서 또 막 울어요. 제가 쓴
글의 최애독자라고나 할까요. 하하하. 진짜 주책스럽죠. 저는
이렇게 살고 있어요. 그냥... 살아요.'

　　이렇게 늘어놓았으면 속이 좀 편했으려나? 이런 건 우연
히 만난 남자 동문과 자리에 서서 나눌만한 화제는 못된다 하
더라도. 그냥 살지 않았음을 낱낱이 꺼내 보이고 싶은가 보
다. 내 치열했던 지난 시간들을 인정받고 싶은가보다. 그 누
구도 나에게 아무것도 하지 않았다고 비난하지 않았는데 지
난 시간들에 대해 변명을 늘어놓듯 설명하고자 함은 무엇 때
문일까? 내가 나를 인정하지 않아서일 것이다. 결과도 성과도
없는 이 육아라는 전선에서 그냥 살면 좀 어떤가. 경력단절
전업주부로 그냥 좀 살면 어떠하리. 누구도 그냥 살았다고 비

난하지 않는다. 가만 보니 비난은 내가 도맡아 하고 있는 것 같다. 오랜만에 홀로 떠나는 상경길에 설렘 대신 무거운 마음만 남았다. 책은 덮어 치운 지 오래고 차갑게 식어버린 커피는 마냥 쓰다. 차창 밖 4월의 햇살은 눈부시게 쏟아지는데, 풍경은 어쩐지 참 쓸쓸하구나. 이제 그만 인정하자. 내가. 나를.

딸, 엄마도 자라고 있어

© 2018, 김정

지은이	김정
초판 1쇄 발행	2018년 10월 17일
펴낸곳	두두
펴낸이	윤진경 · 장현정
편집	박정오
디자인	최효선
마케팅	최문섭
일러스트	이지미
등록	2018년 04월 11일(제2018-000005호)
주소	부산 수영구 수영로 668 화목O/T 1209호
전화	070-7701-4675
팩스	0505-510-4675
전자우편	doodoobooks@naver.com

Published in Korea by DooDoo Publishing Co, Busan.
Registration No. 2018-000005.
First press export edition October, 2018.
Author Kim Jung
ISBN 979-11-964562-0-7   03810

이 도서의 국립중앙도서관 출판예정도서목록(CIP)은 서지정보유통지원시스템 홈페이지(http://seoji.nl.go.kr)와 국가자료공동목록시스템(http://www.nl.go.kr/kolisnet)에서 이용하실 수 있습니다. (CIP제어번호: CIP2018026244)